U0947268

◎中华传统文化观止丛书◎

中华传统文化观止丛书

ZHONGHUA CHUANTONG WENHUA GUANZHI CONGSHU

先秦文观止

本书编委会 编

新版前言

《中华传统文化观止丛书》是学林出版社于 1995 年 12 月出版的一套大型选本，包括《中华古诗观止》《中华古文观止》《中华古词观止》《中华古曲观止》共四部。1996 年，本丛书荣获第十届中国图书奖。

在这套丛书出版二十年之际，我社决定在原书的基础上做增补校订，重新出版。古诗部分，约请骆玉明教授撰写了导读，李梦生编审补充了一些注释，其余各册，一仍其旧。为了方便读者的阅读，本丛书的版式也作了大幅度的调整，注释从尾注全部改为脚注；以作者为纲，以作品为目，按朝代分体，依序排列，每篇都附以题记。然后，将原来四大部的丛书重新排列成二十四本，详见总目。

本丛书之所以称为观止，按原出版前言的说法：一是"叹为观止"，所收的内容皆为精华，且具代表性；二是"观到此为止"，亦即一般的中等文化水平以上的读者读了它便可对中国传统文化有一个概略的了解，即可到此为止。此次出版，除了这两点想法不变之外，更想让广大中小学生在这些变得相对浅近而短小简洁的单本中，做一学生时代的"观到此为止"，庶几不至有数典忘祖的危险，若能做到此，本丛书也算达成了它的又一次的历史功能。二十年后，作者还是那批作者，编辑还是那些编辑，读者却从广大读者延伸向中小学生。愿再过二十年，这套丛书还能让那时的中小学生接着使用，而他们的父辈又可以跟他们讲：瞧，这就是我当年读过的书。

学林出版社

2015 年 8 月

原版前言

中共中央关于《爱国主义教育实施纲要》提出，要让广大干部群众，尤其是广大青少年了解历史，了解祖国，知我中华，爱我中华，兴我中华，激发爱国主义的热烈情感，增强历史使命感和社会责任感。要进行中华民族优秀传统文化教育，用中华民族灿烂文明中所蕴含的崇高的民族精神、民族气节和传统美德，教育、感染广大青少年。为此，我社决定出版一套中华传统文化观止系列丛书。

中国有五千年有文字可考的历史。这五千年中，先人给我们积累了数以十万计的文化典籍。这是我们的光荣和骄傲，但一不小心，也可能成为我们的包袱。早在两千多年前，古人面对比我们少得不知多少的典籍，已经发出了这样的慨叹："吾生也有涯而智也无涯，以有涯随无涯，殆矣。"如果我们剔除其中的消极成分，应该承认，这话说得很有道理。试想，以几十年匆匆的生命，要想览尽无涯的历代典籍，吸尽知识海洋，怎么可能？更何况我们处在"知识爆炸"的今天，有那么多现代知识需要我们去学习，去吸收。

我们要珍视五千年文明史积累下来的文化遗产，因此，需要了解，需要继承；

我们又不能全盘照收五千年积累的文化遗产，因此，需要选择，需要剔除。

这是一种矛盾，是一种必须进行的艰难的选择。

试着解决这种矛盾，我们策划了这套观止丛书。

所谓"观止"，包含两层意思：一是"叹为观止"，即所收的内容应是中国传统文化的精华，是有充分代表性的东西。二是"观到此为止"，即一般的中等文化水平及以上的读者，只要拥有它，便可"尝一脔而知全味"，对中国传统文化有一个概略的了解，如果不想作专门的研究，即可到此为止，庶几不至于有"数典忘祖”的危险。如果有人要继续深造，也可以此为出发点，登堂入室，到传统文化的大海中去搏击遨游。

为此，我们设想，这套观止丛书的选收范围上自先秦，下迄清末民初，以古典文学为主，兼及艺术、音乐、美术、历史、科学等，分专题出版，总计约收一千万字。以每天读五千字计，大约七年时间即可从头到尾读完。对普通读者来说，也许还是太多了一点。但中华传统的文化宝库实在过于丰富，再少便很难反映其真实面貌。好在对于不同的读者，仍完全可以有选择、有重点地读，或把它们当作准工具书查阅，还是有着相当广阔的选择自由的。

为了保证这套观止丛书的代表性与权威性，编选者与本社同人努力做到：一、选目尽量求精。除各书均由中青年骨干学者实际操作外，还特聘全国著名的学者、专家主持选目工作。不仅收入脍炙人口的名作，还努力发掘新的内容。二、评注尽量简明。以原作为主，不搞喧宾夺主的“鉴赏”，也不搞“今译”，让读者享受一种自己咀嚼、消化的乐趣。三、适当加入附录。主要是资料性的内容，与正文互为补充，藉以为读者提供方便。四、装帧尽量精美，使之既可供实用，又能成为居室的美化装潢品和赠送的礼品和奖品。

这套观止丛书将分批推出，现在呈献给读者的是第一辑：《中华古文观止》、《中华古诗观止》、《中华古词观止》、《中华古曲观止》。这里所说的“古”，是“古代”的意思，想必读者一定能够理解。

希望这套书能为全国的爱国主义教育做出小小的贡献。热诚欢迎广大读者多提意见和建议，以便不断修订，做到精益求精。

学林出版社

选　目

黄　珅　　刘永翔

撰　稿

王　铁　　史煦光　　侯毓信

黄　珅　　童雅君

目 录

《左传》 又称《春秋左氏传》或《左氏春秋》。相传是双目失明的鲁国太史左丘明所撰,近人认为是战国初年人据各国史料编成。《左传》解释《春秋》,起自鲁隐公元年(前722),终于鲁悼公四年(前464),以《春秋》为纲,按年编写。叙事详细,保存了大量春秋以前的史料。有晋杜预《春秋经传集解》、唐孔颖达《春秋左传正义》、清洪亮吉《春秋左传诂》等。

郑伯克段于鄢[①]

【题解】

本文是《左传》的开卷之作,写了一出关于郑国王室内讧的丑剧。结构完整,情节发展波澜起伏,曲折生动。其中郑庄公的形象尤其鲜明。出于对母亲偏爱兄弟的忌恨,同时也为了维护自己的权力地位,他处心积虑要除掉兄弟,但深藏于心,从不外露,只是设下陷阱,诱人入罪。文中通过"姜氏欲之,焉辟害""多行不义必自毙,子姑待之""无庸,将自及""不义,不暱,厚将崩"这些旁人听了不觉其异,但实际上充满毒意的话,将一个老谋深算、阴险残忍的人物形象,连同他的内心世界,淋漓尽致地表现出来。

初[②],郑武公娶于申[③],曰武姜[④]。生庄公及共叔段[⑤]。庄公寤

---

① 选自《左传·隐公元年》。 ② 初:当初。 ③ 郑武公:姬姓,名掘突,谥号武,郑国国君。申:姜姓国,在今河南南阳。 ④ 武姜:武从夫谥,姜为母家姓。 ⑤ 庄公:郑庄公,即郑伯。春秋时诸侯爵有五等:公、侯、伯、子、男,郑属伯爵。共(gōng)叔段:庄公弟,名段,叔是排行。共,国名,在今河南辉县。

生⑥，惊姜氏，故名曰寤生，遂恶之。爱共叔段，欲立之。亟请于武公⑦，公弗许。及庄公即位，为之请制⑧。公曰："制，岩邑也⑨，虢叔死焉⑩。佗邑唯命⑪。"请京⑫，使居之，谓之京城大叔⑬。祭仲曰："都城过百雉⑭，国之害也。先王之制：大都，不过参国之一⑮；中，五之一；小，九之一。今京不度⑯，非制也。君将不堪⑰。"公曰："姜氏欲之，焉辟害⑱？"对曰："姜氏何厌之有⑲？不如早为之所⑳，无使滋蔓㉑！蔓，难图也㉒。蔓草犹不可除，况君之宠弟乎？"公曰："多行不义，必自毙，子姑待之。"

既而大叔命西鄙、北鄙贰于己㉓。公子吕曰㉔："国不堪贰，君将若之何？欲与大叔，臣请事之；若弗与，则请除之。无生民心。"公曰："无庸㉕，将自及㉖。"大叔又收贰以为己邑，至于廪延㉗。子封曰："可矣，厚将得众㉘。"公曰："不义㉙，不暱㉚，厚将崩。"

大叔完聚㉛，缮甲兵，具卒乘，将袭郑。夫人将启之㉜。公闻其

---

⑥ 寤生：寤，通"牾"，逆生，即难产。 ⑦ 亟(qì)：屡次。 ⑧ 为之请制：替共叔段请制为封邑。制，地名，在今河南荥阳东北。 ⑨ 岩邑：多山而险要的城邑。 ⑩ 虢(guó)叔：东虢君。死焉：死于此。 ⑪ 佗：同"他"。唯命：意即听从母亲吩咐。 ⑫ 京：郑邑名，在今河南荥阳东南。 ⑬ 大：同"太"。 ⑭ 祭(zhài)仲：郑国大夫。雉：量词，长三丈，高一丈。 ⑮ 参国之一：国都的三分之一。 ⑯ 不度：不合法度。 ⑰ 不堪：受不了，控制不了。 ⑱ 焉辟害：哪里能躲避祸害。辟，同"避"。 ⑲ 何厌之有：哪会有满足。厌，通"餍"，满足。 ⑳ 早为之所：及早给他适当安置。 ㉑ 滋蔓：用草的滋生比喻共叔段不断扩大自己的势力范围。 ㉒ 图：对付。 ㉓ 鄙：边邑。贰：两属，属二主。 ㉔ 公子吕：字子封，郑大夫。 ㉕ 庸：用。 ㉖ 将自及：将会自己招致灾难。 ㉗ 廪延：邑名，在今河南延津北。 ㉘ 厚：指势力雄厚。 ㉙ 不义：指不义于君。 ㉚ 不暱：指不亲于兄。 ㉛ 完：修葺城郭。聚：聚集粮食。 ㉜ 夫人：指武姜。启之：打开城门接应他。

期，曰："可矣。"命子封帅车二百乘以伐京[33]。京叛大叔段。段入于鄢[34]。公伐诸鄢。五月辛丑[35]，大叔出奔共。

书曰[36]："郑伯克段于鄢。"段不弟[37]，故不言弟；如二君[38]，故曰克；称郑伯，讥失教也：谓之郑志[39]。不言出奔，难之也[40]。

遂寘姜氏于城颍[41]，而誓之曰："不及黄泉，无相见也！"既而悔之。

颍考叔为颍谷封人[42]，闻之，有献于公。公赐之食。食舍肉。公问之。对曰："小人有母，皆尝小人之食矣，未尝君之羹，请以遗之[43]。"公曰："尔有母遗，繄我独无[44]！"颍考叔曰："敢问何谓也[45]？"公语之故，且告之悔。对曰："君何患焉[46]？若阙地及泉[47]，隧而相见[48]，其谁曰不然？"公从之。公入而赋："大隧之中，其乐也融融[49]。"姜出而赋："大隧之外，其乐也泄泄[50]。"遂为母子如初。君子曰[51]："颍考叔，纯孝也，爱其母，施及庄公[52]。《诗》曰：'孝子不匮，永锡尔类。'其是之谓乎[53]！"

---

[33] 乘：古时战车一乘有甲士三人，步卒七十二人。[34] 鄢（yān）：郑邑，在今河南鄢陵西北。[35] 五月辛丑：五月二十三日。[36] 书：指《春秋》经文。[37] 不弟：犹言不像兄弟。[38] 如二君：庄公与共叔段之战，如两敌国国君之战。[39] 郑志：指郑庄公蓄意杀弟的意图。[40] 难之也：出奔为有罪之词。段之出奔，郑庄公也有责任，不能单怪段，故难以下笔。[41] 寘：同"置"。城颍：郑邑，在今河南临颍西北。[42] 颍考叔：郑大夫。颍谷：郑边邑，在今河南登封西南。封人：镇守边境的地方官。[43] 遗：赠送。[44] 繄（yī）：句首语气词。[45] 何谓：谓何，这话怎么讲。[46] 患：担心。[47] 阙：同"掘"。[48] 隧：用作动词，挖隧道。[49] 融融：和睦快乐的样子。[50] 泄泄（yì）：同"泄泄"，舒畅的样子。[51] 君子：道德高尚有修养的人。《左传》中常用以发表评论。[52] 施（yì）及：扩大到。[53] "诗曰"两句：见《诗经·大雅·既醉》。意为孝子的孝行不会穷尽，永远把孝道赐给你（孝子）的同类。

（童雅君）

郑庄公戒饬守臣[①]

【题解】

郑国与许国相邻。郑庄公对许国虎视眈眈，垂涎已久，于是联合齐、鲁二国，共同伐许。但在占据许国后，郑庄公自觉理亏心虚。于是在告诫守臣时，用假仁假义的言词，来掩饰自己的贪鄙奸诈。这篇讲话，忽为许国考虑，忽为郑国考虑，语语放宽，字字放活，曲曲折折，袅袅亭亭。其中三次提到“天”字，以示事情的成败，全在天意，自己并未在其中耍弄什么手腕。又说待己死后，上天或许会宽恕许国，郑国军队应马上离开，可见当其生前，决不允许许国脱离控制。更妙在四个问句，说得吞吞吐吐，使人无从捉摸，真奸雄之尤！辞令之妙，古今罕见。

郑伯将伐许[②]。五月甲辰，授兵于大宫[③]。公孙阏与颍考叔争车[④]，颍考叔挟辀以走[⑤]，子都拔棘以逐之[⑥]。及大逵[⑦]，弗及，子都怒。

秋七月，公会齐侯、郑伯伐许[⑧]。庚辰，傅于许[⑨]。颍考叔取郑伯之旗蝥弧以先登[⑩]，子都自下射之，颠[⑪]。瑕叔盈又以蝥弧登[⑫]，周麾

---

① 选自《左传·隐公十一年》。 ② 郑伯：郑庄公。许：姜姓国，其地在今河南许昌东。 ③ 授兵：分发武器。大宫：郑国祖庙。大，同“太”。 ④ 公孙阏(è)：郑大夫，又称子都。颍考叔：郑大夫。 ⑤ 辀(zhōu)：车辕木，是驾车用的车杠。走：奔跑。 ⑥ 棘：同“戟”。 ⑦ 大逵(kuí)：四通八达的大路。 ⑧ 公：指鲁隐公。齐侯：指齐僖公。 ⑨ 傅：附着，逼近。 ⑩ 蝥(máo)弧：旗名。 ⑪ 颠：自城上坠下。 ⑫ 瑕叔盈：郑大夫。

而呼曰⑬："君登矣！"郑师毕登⑭。壬午，遂入许。许庄公奔卫⑮。

齐侯以许让公。公曰："君谓许不共⑯，故从君讨之。许既伏其罪矣，虽君有命，寡人弗敢与闻⑰。"乃与郑人。

郑伯使许大夫百里奉许叔以居许东偏⑱，曰："天祸许国，鬼神实不逞于许君⑲，而假手于我寡人。寡人唯是一二父兄不能共亿⑳，其敢以许自为功乎？寡人有弟㉑，不能和协，而使糊其口于四方，其况能久有许乎？吾子其奉许叔以抚柔此民也，吾将使获也佐吾子㉒。若寡人得没于地㉓，天其以礼悔祸于许，无宁兹许公复奉其社稷㉔，唯我郑国之有请谒焉，如旧昏媾㉕，其能降以相从也。无滋他族实偪处此㉖，以与我郑国争此土也。吾子孙其覆亡之不暇㉗，而况能禋祀许乎㉘？寡人之使吾子处此，不唯许国之为㉙，亦聊以固吾圉也㉚。"

乃使公孙获处许西偏，曰："凡而器用财贿㉛，无寘于许㉜。我死，乃亟去之㉝。吾先君新邑于此㉞，王室而既卑矣㉟，周之子孙日失其

---

⑬ 周麾（huī）：向四面挥动旗帜，以招大军。 ⑭ 毕：尽，全。 ⑮ 许庄公：名弗，许国国君。卫：姬姓国，在今河南淇县一带。 ⑯ 不共：共，同"供"。不供职责。 ⑰ 与闻：听从。⑱ 许叔：许庄公弟，后为许穆公。东偏：东部边境地区。 ⑲ 不逞：不快意，不满。 ⑳ 父兄：指同姓群臣。共亿：相安无事。 ㉑ 弟：指共叔段。 ㉒ 获：公孙获，郑大夫。 ㉓ 没于地：即寿终。没，通"殁"。 ㉔ "无宁"句：宁愿让许庄公有机会复国。 ㉕ 如旧昏媾：相亲若旧通婚之国。昏同"婚"。 ㉖ "无滋"句：不要让其他宗族滋长起来占据这片土地。 ㉗ "吾子孙"句：我的子孙将颠覆危亡，救之不暇。 ㉘ 禋祀许：主持许国祭祀，意为占有许国。㉙ 许国之为：为了许国。 ㉚ 聊：姑且。圉（yǔ）：边疆。 ㉛ 而：同"尔"，你。财贿：财货。㉜ 寘：同"置"。 ㉝ 亟：急。 ㉞ 新邑于此：指河南新郑一带。郑国国土原在陕西华县东北，自武公东迁，至庄公才两代，故云。 ㉟ 王室：指周王朝。

序[36]。夫许，大岳之胤也[37]。天而既厌周德矣，吾其能与许争乎？”

君子谓：“郑庄公于是乎有礼。礼，经国家[38]、定社稷、序民人[39]、利后嗣者也。许无刑而伐之[40]，服而舍之[41]，度德而处之，量力而行之。相时而动[42]，无累后人，可谓知礼矣。”

㊱ 序：绪业，指所受之功业。 ㊲ 大岳：太岳，四岳之一。相传羲和四子为尧臣，分管四方诸侯，故称“四岳”。胤：后嗣。 ㊳ 经：治理。 ㊴ 序民人：使万民生活分等级，有次序。 ㊵ 刑：法度。 ㊶ 舍：放松控制。 ㊷ 相时而动：选择有利时机而后行动。

（童雅君）

齐伐楚盟于召陵[1]

【题解】

刘知幾称赞《左传》所载大夫词令、使者应对：“其文典而美，其语博而奥。”本文便是明证。齐桓公率诸侯伐楚，原是泄其私愤，并非正大之事。针对楚使的责问，管仲的回答却援引王命，尊奉周室，说得义正词严、理直气壮。齐桓公故意和屈完一起检阅诸侯军队，在以武力恫吓的同时，又用言词进行笼络。面对这种矜张之语、跋扈之状，屈完只是用“以德”“以力”二语，一扬一抑，便令桓公泄气。篇中写齐处，尽是霸主权谋之术，写楚处，忽而冷隽，忽而诙谐，忽而逊顺，忽而严厉，随机应变，针锋相对。文章篇幅虽小，但笔下有神，节节生峰，姿态横生，确能使人“寻绎不倦，览讽忘疲”。《左传》一书，以言有短

---

① 选自《左传·僖公四年》。

长、声有高下的散句为主，但俪辞骈句，也时而出现，如本文“以此众战”四句，工整健丽，骆宾王《讨武曌檄》中名句“以此制敌，何敌不摧；以此图功，何功不克”，即由此化出。

四年春，齐侯以诸侯之师侵蔡②。蔡溃，遂伐楚。楚子使与师言曰③：“君处北海④，寡人处南海⑤，唯是风马牛不相及也⑥。不虞君之涉吾地也⑦，何故？”管仲对曰⑧：“昔召康公命我先君太公曰⑨：‘五侯九伯⑩，女实征之⑪，以夹辅周室’。赐我先君履⑫：东至于海，西至于河⑬，南至于穆陵⑭，北至于无棣⑮。尔贡包茅不入⑯，王祭不共⑰，无以缩酒⑱，寡人是征⑲；昭王南征而不复⑳，寡人是问。”对曰：

---

② 齐侯：指齐桓公，名小白，公元前685—前643年在位。齐是侯爵。诸侯之师：指鲁、宋、陈、卫、郑、许、曹等国的军队。蔡：国名，姬姓，周武王时所封。在今河南汝南、上蔡、新蔡一带。蔡与楚是盟国。 ③ 楚子：指楚成王，名熊頵（jūn），公元前671—前626年在位。楚是子爵。使与师言：派使臣到齐国军中去传话。 ④ 北海：齐在楚北面，临海，故云。 ⑤ 南海：楚境南不及海，这里是泛指，与北海对称，表示远隔之意。 ⑥ 风马牛不相及：风，放逸，走失。言两国相去甚远，即使牲畜走失，也不致越入对方国界。一说牛马雌雄相诱叫风。 ⑦ 虞：意料。涉：进入。 ⑧ 管仲（？—前645）：名夷吾，字仲，颍上（颍水之滨）人。后相齐桓公，九合诸侯，一匡天下。 ⑨ 召康公：名奭（shì），因采邑在召（在今陕西岐山西南），故称召公，康是谥号。成王时任太保，与周公分陕而治。太公：姜姓，吕氏，字子牙，齐国始祖，故称先君。 ⑩ 五侯：指五等爵位，即公、侯、伯、子、男。九伯：指九州之长。这里五侯九伯，泛指所有的诸侯。 ⑪ 女：同“汝”。征：讨伐。 ⑫ 履：践履之地。此指太公有权征伐的范围。 ⑬ 河：黄河。 ⑭ 穆陵：地名，在楚境内。今湖北省麻城西北一百里有穆陵山。 ⑮ 无棣：地名，在今山东无棣北。一说在辽西孤竹郡，即今河北卢龙附近。 ⑯ 包茅：成捆的菁茅。菁茅是楚国特产，应向周朝进贡的物品，供祭祀用。 ⑰ 王祭不共：周王祭祀物品不加供应。共，通“供”。 ⑱ 缩酒：古代祭祀，束茅立于祭前，沃酒于茅上，酒渗而下，如神饮酒，故称缩酒。 ⑲ 征：征求。 ⑳ 昭王：周昭王，成王之孙，名瑕。晚年荒于国政，巡行南方，在渡汉水时，当地百姓用胶粘的船给他乘坐，行至中流，船忽解体，淹死水中。

"贡之不入,寡君之罪也;敢不共给。昭王之不复,君其问诸水滨[21]!"师进,次于陉[22]。

夏,楚子使屈完如师[23]。师退,次于召陵[24]。齐侯陈诸侯之师[25],与屈完乘而观之[26]。齐侯曰:"岂不穀是为,先君之好是继。与不穀同好,何如[27]?"对曰:"君惠徼福于敝邑之社稷[28],辱收寡君[29],寡君之愿也。"齐侯曰:"以此众战,谁能御之?以此攻城,何城不克!"对曰:"君若以德绥诸侯[30],谁敢不服?君若以力,楚国方城以为城[31],汉水以为池[32],虽众,无所用之!"

屈完及诸侯盟。

㉑"君其"句:此事与楚国无关,不能负责。你还是到水边去打听吧! ㉒ 陉(xíng):山名,在今河南郾城南。因楚不服罪,故齐向前进兵。 ㉓ 屈完:楚大夫,与楚同姓公族。如师:前往齐军。 ㉔ 召陵:在今河南郾城东。因楚遣使求盟,故退师于此。 ㉕ 陈:陈列。这里是向楚国陈兵示威。 ㉖ 乘:乘兵车。 ㉗"岂不穀"四句:这次出师,难道是为我吗?那是为了继续我们先人的友好关系。现在同我和好,怎么样?不穀,不善,是国君自称谦词。 ㉘"君惠"句:蒙您恩惠,为我们国家求福。徼(yāo),通"邀",求。社稷,国家的代称。 ㉙ 寡君:人臣对别国谦称自己的国君。 ㉚ 绥:安抚。 ㉛ 方城:楚山名,在今河南叶县南。春秋时楚国在此筑长城以拒中原。 ㉜ 汉水:源出陕西宁强北,流至汉阳入长江。池:护城河。

(黄　珅)

阴饴甥对秦穆公[①]

【题解】

鲁僖公十五年(前645)九月,秦、晋战于韩原,晋师败绩,晋惠公被俘。在秦晋和盟时,阴饴甥以晋国不和作为话头,借“小人”与“君子”之口,从正反两方面,说出晋人或“必报仇”或“必报德”的两手准备。态度不卑不亢,措辞深入三昧,使秦伯不得不送还晋君。

十月,晋阴饴甥会秦伯,盟于王城[②]。

秦伯曰:“晋国和乎?”对曰:“不和。小人耻失其君而悼丧其亲,不惮征缮以立圉也[③],曰:‘必报仇,宁事戎狄。’君子爱其君而知其罪,不惮征缮以待秦命[④],曰:‘必报德,有死无二[⑤]。’以此不和。”秦伯曰:“国谓君何[⑥]?”对曰:“小人慼,谓之不免[⑦];君子恕,以为必归。小人曰:‘我毒秦[⑧],秦岂归君?’君子曰:‘我知罪矣,秦必归君。贰而执之[⑨],服而舍之,德莫厚焉,刑莫威焉。服者怀德,

---

① 选自《左传·僖公十五年》。阴饴甥:晋国大夫,即吕甥。因食邑于瑕、阴二地,故又称阴饴甥或瑕吕饴甥。秦伯:秦穆公,名任好,春秋五霸之一。 ② 王城:在今陕西大荔东。 ③ 征缮:征收赋税,修治甲兵。圉(yǔ):晋惠公的儿子姬圉,后为晋怀公。 ④ 以待秦命:等待秦国送回晋惠公的消息。 ⑤ 无二:无二心。 ⑥ 国谓君何:晋国人对晋惠公的看法怎样? ⑦ 不免:不能幸免于难。 ⑧ 毒:怨恨。 ⑨ 贰:有二心。

贰者畏刑，此一役也，秦可以霸。纳而不定[⑩]，废而不立，以德为怨，秦不其然[⑪]。'"秦伯曰："是吾心也。"改馆晋侯[⑫]，馈七牢焉[⑬]。

---

⑩ 纳而不定：指秦穆公当初送晋惠公回国做国君，现在却又使他不安于位。 ⑪"以德为怨"两句：秦始纳惠公入晋是德，今纳而不定，废而不立，则反德为怨，秦国将不会这样做。 ⑫ 改馆晋侯：重新安排晋惠公住入高级馆舍。 ⑬ 馈(kuì)：馈赠。七牢：一牛一羊一猪为一牢。馈七牢，待以诸侯之礼。

（童雅君）

子鱼论战[①]

【题解】

鲁僖公二十二年(前638)，宋襄公纠合卫、许、滕等国进攻郑国，楚国伐宋救郑，宋、楚战于泓水。由于宋襄公盲目自大，迂腐背时，宋军大败。本篇对战争经过的描写非常简略，重点则在议论。子鱼的正确意见一再被否定，抑而后发，如吐喉中之鲠。论战之语，痛快淋漓，层层辩驳，句句斩截，英锋快笔，锐不可挡。

楚人伐宋以救郑[②]。宋公将战[③]，大司马固谏曰[④]："天之弃商

---

① 选自《左传·僖公二十二年》。子鱼：宋国大司马，名目夷。 ②"楚人"句：宋襄公为了与楚成王争霸，出兵攻打依附于楚的郑国。于是，楚出兵攻宋救郑。 ③ 宋公：宋襄公。 ④ 固谏：竭力谏阻。

久矣[5]，君将兴之，弗可赦也已[6]。"

冬十一月己巳朔，宋公及楚人战于泓[7]。宋人既成列，楚人未既济[8]。司马曰："彼众我寡，及其未既济也，请击之。"公曰："不可。"既济而未成列，又以告。公曰："未可。"既陈而后击之[9]，宋师败绩。公伤股[10]。门官歼焉[11]。

国人皆咎公。公曰："君子不重伤[12]，不禽二毛[13]。古之为军也[14]，不以阻隘也[15]。寡人虽亡国之余[16]，不鼓不成列[17]。"子鱼曰："君未知战。勍敌之人[18]，隘而不列，天赞我也[19]。阻而鼓之，不亦可乎？犹有惧焉[20]。且今之勍者，皆吾敌也。虽及胡耇[21]，获则取之，何有于二毛？明耻、教战，求杀敌也。伤未及死，如何勿重？若爱重伤[22]，则如勿伤[23]；爱其二毛，则如服焉[24]。三军以利用也[25]，金鼓以声气也[26]。利而用之，阻隘可也；声盛致志，鼓儳可也[27]。"

---

⑤ 天之弃商：商王纣的庶兄微子启始封于宋，商朝亡国已久，所以这样说。 ⑥ 弗可赦：言违天之罪，不可赦免。 ⑦ 泓：泓水，在今河南柘城西北。 ⑧ 未既济：还没有全部渡过泓水。 ⑨ 既陈：已经摆好阵势。陈，同"阵"。 ⑩ 股：大腿。 ⑪ 门官：国君身边的亲军侍卫。 ⑫ 不重伤：对受伤者不重加伤害。 ⑬ 禽：同"擒"。二毛：头发花白的老人。 ⑭ 为军：用兵之道。 ⑮ 不以阻隘：不依赖险阻之地以求胜。 ⑯ 亡国之余：亡国者（指商）的后代。 ⑰ 鼓：击鼓进攻。 ⑱ 勍（qíng）敌之人：强劲的敌人。 ⑲ 赞：助。 ⑳ 犹有惧焉：还怕未必能够获胜。 ㉑ 胡耇（gǒu）：老人。 ㉒ 爱：怜惜。 ㉓ 则如：那就不如。 ㉔ 服：屈服。 ㉕ 利用：寻求有利时机而出动。 ㉖ 金鼓以声气：鸣金击鼓用以鼓舞士气。 ㉗ 儳（chán）：不整齐，指不成阵势的敌军。

（童雅君）

烛之武退秦师[①]

【题解】

郑国西为晋、秦所迫，南为楚国所逼，东为齐国所困，国小势弱，周旋于强国之间，危在旦夕。怎样化险为夷，保国求存？烛之武退秦师，是郑国利用敌国矛盾，展开心理攻势以求自存的典型例子。烛之武紧紧抓住秦穆公既想自己扩张又害怕晋国扩张的矛盾心理，晓以利害，指出亡郑只有给晋国带来好处，并直接威胁秦国的安全，言辞委婉动听，曲尽其意，终于瓦解了秦晋联盟，使郑国转危为安。

九月甲午，晋侯、秦伯围郑[②]，以其无礼于晋[③]，且贰于楚也[④]。晋军函陵[⑤]，秦军氾南[⑥]。

佚之狐言于郑伯曰[⑦]："国危矣。若使烛之武见秦君，师必退。"公从之。辞曰："臣之壮也，犹不如人；今老矣，无能为也已。"公曰："吾不能早用子，今急而求子，是寡人之过也。然郑亡，子亦有不利焉。"许之。夜，缒而出。见秦伯曰："秦、晋围郑，郑既知亡

---

① 选自《左传·僖公三十年》。烛之武：郑国大夫。 ② 晋侯、秦伯：指晋文公和秦穆公。 ③ 无礼于晋：指晋文公重耳先前流亡时，路经郑国，郑文公不以礼节接待。 ④ 贰于楚：对晋有二心，亲近楚国。晋楚城濮之战，郑国曾派兵援楚。 ⑤ 军：屯兵。函陵：地名，在今河南新郑北。 ⑥ 氾（fàn）：河名，指东氾水，在今河南中牟南，已干涸。 ⑦ 佚（yì）之狐：郑大夫。郑伯：郑文公。

矣。若亡郑而有益于君，敢以烦执事⑧。越国以鄙远⑨，君知其难也，焉用亡郑以陪邻⑩？邻之厚，君之薄也。若舍郑以为东道主⑪，行李之往来⑫，共其乏困⑬，君亦无所害。且君尝为晋君赐矣⑭，许君焦、瑕⑮，朝济而夕设版焉⑯，君之所知也。夫晋，何厌之有⑰？既东封郑，又欲肆其西封⑱。若不阙秦⑲，将焉取之？阙秦以利晋，惟君图之。"秦伯说⑳，与郑人盟。使杞子、逢孙、杨孙戍之㉑，乃还。

子犯请击之㉒。公曰："不可。微夫人之力不及此㉓。因人之力而敝之，不仁；失其所与㉔，不知㉕；以乱易整㉖，不武㉗。吾其还也。"亦去之。

---

⑧ 执事：办事的人，实际上是指秦君。表示尊敬。 ⑨ 越国以鄙远：越过他国把远离本国的土地作为边境。鄙：边邑。 ⑩ 焉：何必。陪：增益。邻：指晋国。 ⑪ 若舍郑以为东道主：如果宽容郑国让它存在，作为秦国东方道路上接待宾客的主人。因郑在秦东方，所以这样说。 ⑫ 行李：古代专司外交之官，亦作"行理"。指秦的使臣。 ⑬ 共：同"供"，供应。 ⑭ 尝为晋君赐：指秦穆公曾派兵护送晋惠公、晋文公回国即位。 ⑮ 焦、瑕：晋邑。故址都在河南陕县附近。 ⑯ 济：渡河。设版：筑墙，指构筑防御工事。 ⑰ 何厌之有：哪会有满足的时候？ ⑱ 肆：扩张。 ⑲ 阙：通"缺"，损害。 ⑳ 说：同"悦"。 ㉑ 杞子、逢孙、杨孙：三人都是秦国大夫。戍之：驻守郑国。 ㉒ 子犯：晋文公的舅父，名狐偃。 ㉓ 微：非。夫人：那人，指秦穆公。不及此：不能像现在这样。 ㉔ 所与：同盟者。晋秦是同盟国。 ㉕ 知：同"智"，明智。 ㉖ 以乱易整：秦、晋二国整师而来，现在若自相攻击，必然会变得一片混乱。 ㉗ 不武：不威武。

（童雅君）

郑子家与赵宣子书[①]

【题解】

春秋中叶，晋、楚逐鹿中原，争夺霸主，中原小国左右为难，深受其害。在这封信中，子家不厌其烦，首先逐年逐月地列举郑、晋之间的交往，从中得出郑国事晋已无以复加这样一个结论。语极恭谨委婉，但言外已流露出晋国无理之意。下面笔锋一转，以沉痛激切的言词，表明郑国现已到了忍无可忍、铤而走险的地步，将胸中愤懑不平，索性破喉说出，同时反写楚国宽大，以讥刺晋国蛮横，从唯唯诺诺，一变而为凛不可犯。此信前柔后刚，在道理、气势两个方面压倒对方，使晋人不能不为之少屈，堪称古代尺牍佳品。

晋侯不见郑伯[②]，以为贰于楚也。郑子家使执讯而与之书[③]，以告赵宣子，曰：

“寡君即位三年[④]，召蔡侯而与之事君[⑤]。九月，蔡侯入于敝邑以行。敝邑以侯宣多之难[⑥]，寡君是以不得与蔡侯偕。十一月，克减侯宣多[⑦]，而随蔡侯以朝于执事。十二年六月，归生佐寡君之嫡

---

① 选自《左传·文公十七年》。郑子家：公子归生，郑国大夫。赵宣子：赵盾，晋国执政。② 晋侯：指晋灵公。郑伯：指郑穆公。 ③ 执讯：通讯联络官。 ④ 寡君：指郑穆公。 ⑤ 蔡侯：指蔡庄公。君：指晋襄公。 ⑥ 侯宣多：郑国大夫。曾迎立郑穆公为君，恃宠专权作乱。 ⑦ 减：绝。

夷[⑧]，以请陈侯于楚[⑨]，而朝诸君。十四年七月，寡君又朝，以蒇陈事[⑩]。十五年五月，陈侯自敝邑往朝于君。往年正月，烛之武往，朝夷也[⑪]。八月，寡君又往朝。以陈、蔡之密迩于楚[⑫]，而不敢贰焉，则敝邑之故也。虽敝邑之事君，何以不免？在位之中，一朝于襄[⑬]，而再见于君。夷与孤之二三臣相及于绛[⑭]。虽我小国，则蔑以过之矣[⑮]。今大国曰：'尔未逞吾志[⑯]。'敝邑有亡，无以加焉[⑰]。

"古人有言曰：'畏首畏尾，身其余几[⑱]？'又曰：'鹿死不择音[⑲]。'小国之事大国也，德，则其人也[⑳]；不德，则其鹿也。铤而走险，急何能择？命之罔极[㉑]，亦知亡矣，将悉敝赋以待于儵[㉒]。唯执事命之。

"文公二年六月壬申[㉓]，朝于齐。四年二月壬戌，为齐侵蔡，亦获成于楚[㉔]。居大国之间而从于强令，岂其罪也？大国若弗图[㉕]，无所逃命。"

---

⑧ 嫡：嫡子。夷：郑穆公的太子，即后来的郑灵公。 ⑨ 陈侯：指陈灵公。 ⑩ 蒇(chǎn)陈事：完成陈国从服于晋的工作。蒇，完成。 ⑪ 烛之武往朝夷：郑遣烛之武辅太子夷往朝于晋。 ⑫ 密迩：贴近。 ⑬ 襄：指晋襄公。 ⑭ 二三臣：指烛之武和公子归生等。相及于绛：言朝晋使者之多。绛(jiàng)，晋都，在今山西翼城东南。 ⑮ 蔑以：无以。 ⑯ 逞吾志：满足我意。 ⑰ 无以加焉：指郑国无法再加事晋之礼。 ⑱ 身其余几：身上不畏的地方，还有多少？即始终处在畏惧之中。 ⑲ 鹿死不择音：音，通"荫"，指庇荫之处。鹿死不择庇荫之所，比喻郑既要灭亡，便不择所从之国。 ⑳ 德，则其人也：犹言大国以德加己，则小国以人道相事。 ㉑ 命之罔极：指晋国的命令没有穷尽。 ㉒ 赋：指兵卒车辆。儵(chóu)：地名，在晋、郑边界。此句意为郑将征集全部兵力来抵抗晋国。 ㉓ 文公：郑文公。 ㉔ 成：讲和。 ㉕ 弗图：不体谅郑。

（童雅君）

楚归晋知罃[1]

【题解】

鲁宣公十二年(前597),晋、楚战于邲(在今河南郑州附近),晋军大败,知罃(即荀罃)被俘。其父荀首率部反攻,射死楚连尹襄老,射伤并擒获楚庄王之子公子谷臣,准备以此换取知罃。鲁成公三年(前588),晋、楚交质。本篇是知罃归国前与楚共王的一场对话。楚王想借释放知罃之机示恩,故语语紧逼,知罃为维护晋国和自身的尊严,句句撇开。最后说自己忠晋即是报楚,尤其出人意想,使楚王为之动容。

晋人归公子谷臣与连尹襄老之尸于楚,以求知罃。于是荀首佐中军矣[2],故楚人许之。

王送知罃[3]曰:"子其怨我乎?"对曰:"二国治戎[4],臣不才,不胜其任,以为俘馘[5]。执事不以衅鼓[6],使归即戮,君之惠也。臣实不才,又谁敢怨?"王曰:"然则德我乎?"对曰:"二国图其社稷[7],而求纾其民[8],各惩其忿[9],以相宥也。两释累囚,以成其好。二国有好,臣不与及,其谁敢德?"王曰:"子归,何以报我?"对曰:"臣不任受怨,

---

① 选自《左传·成公三年》。 ② 于是:在这时候。佐中军:为中军副帅。 ③ 王:指楚共王。 ④ 治戎:治兵,这里指作战。 ⑤ 俘馘(guó):俘虏。馘:古代将战俘割取左耳,叫馘。知罃被俘未馘,此系借用。 ⑥ 衅鼓:杀牲以血涂抹钟鼓,古代一种祭礼。此处犹言杀戮。 ⑦ 图其社稷:为国家的利益打算。 ⑧ 纾:纾缓。 ⑨ 惩:戒,克制。

君亦不任受德[10]，无怨无德，不知所报。”王曰：“虽然，必告不穀[11]。”对曰：“以君之灵，累臣得归骨于晋[12]，寡君之以为戮，死且不朽。若从君之惠而免之，以赐君之外臣首[13]；首其请于寡君，而以戮于宗[14]，亦死且不朽。若不获命，而使嗣宗职[15]，次及于事[16]，而帅偏师以修封疆[17]，虽遇执事，其弗敢违[18]。其竭力致死，无有二心，以尽臣礼，所以报也。”王曰：“晋未可与争。”重为之礼而归之。

---

⑩“臣不任受怨”两句：我未尝有怨于君，君也未尝有德于我。不任，犹担当不了。⑪ 不穀：不善。诸侯自称的谦词。⑫ 累臣：系累之臣，指自己被俘失去自由。⑬ 外臣：古时卿大夫对他国国君自称为外臣。首：即荀首。⑭ 宗：宗庙。荀首是宗族的首领，按宗法，对本族成员有杀戮之权。⑮ 嗣宗职：继承宗子的职位。⑯ 次及于事：按次序承担晋国的政事。⑰ 修封疆：治理边疆。⑱ 其：将。违：避开。

（童雅君）

吕相绝秦[1]

【题解】

鲁成公十一年（前580），晋厉公与秦桓公相约于令狐会盟，晋君先到，秦君背约未至。后秦又唆使狄和楚攻打晋国。于是晋派吕相使秦，历数秦、晋邦交历史和秦背信弃义的行为，并与之绝交。秦、晋以权诈相倾，本无是非曲直可言，这篇绝交书饰辞加罪，

---

① 选自《左传·成公十三年》。吕相：晋大夫魏相，因食邑于吕，故称吕相，也称吕宣子。

颇有欺诬失实之处，其能流传千古，全在文字之妙。一气直泻，无一笔松懈，步步紧逼，不容对方有置辩余地，深文曲笔，变化无穷。更兼逻辑谨严，条理细密，令人玩味无穷。

夏四月戊午，晋侯使吕相绝秦②，曰：

"昔逮我献公及穆公相好③，戮力同心，申之以盟誓，重之以昏姻④。天祸晋国⑤，文公如齐⑥，惠公如秦。无禄⑦，献公即世。穆公不忘旧德，俾我惠公用能奉祀于晋⑧。又不能成大勋⑨，而为韩之师⑩。亦悔于厥心⑪，用集我文公，是穆之成也⑫。

"文公躬擐甲胄⑬，跋履山川，踰越险阻，征东之诸侯，虞、夏、商、周之胤而朝诸秦⑭，则亦既报旧德矣。郑人怒君之疆埸⑮，我文公帅诸侯及秦围郑。秦大夫不询于我寡君，擅及郑盟⑯，诸侯疾之，将致命于秦。文公恐惧，绥靖诸侯⑰，秦师克还无害，则是我有大造于西也⑱。

"无禄，文公即世，穆为不吊，蔑死我君⑲，寡我襄公⑳，迭我殽

---

② 晋侯：指晋厉公。 ③ 逮：及，到。献公：晋献公。穆公：秦穆公。 ④ 重之以昏姻：晋献公把女儿嫁给秦穆公，以加重两国间的关系。 ⑤ 天祸晋国：指晋献公时骊姬之乱，逼太子申生自缢，群公子出奔事。 ⑥ 如：往，到。 ⑦ 无禄：无福，不幸。 ⑧ 用：因此。奉祀：主持祭祀，即立为国君。这句指秦穆公送晋惠公回国即位。 ⑨ 大勋：大功。 ⑩ 韩之师：公元前645年秦、晋战于韩原，晋惠公被俘。 ⑪ 悔于厥心：指秦穆公对俘晋惠公之事表示遗憾。厥：其。 ⑫ 用集：因而成就。是穆之成：这是秦穆公成安晋之功。 ⑬ 躬擐（huàn）甲胄：亲自穿戴着铠甲和头盔。 ⑭ 虞、夏、商、周之胤：指陈、杞、宋、卫诸国。胤：后代。 ⑮ 怒：侵犯。疆埸（yì）：边界。 ⑯ 擅及郑盟：指秦穆公听从烛之武而擅自与郑结盟事。 ⑰ 绥靖：安抚。 ⑱ 大造：大恩。西：指晋国西面的秦国。 ⑲ 蔑死：以为死者无知而轻蔑之。 ⑳ 寡我襄公：以襄公幼弱而欺侮他。

地[21]，奸绝我好[22]，伐我保城[23]，殄灭我费滑[24]，散离我兄弟[25]，挠乱我同盟，倾覆我国家。我襄公未忘君之旧勋，而惧社稷之陨，是以有殽之师[26]。犹愿赦罪于穆公[27]。穆公弗听，而即楚谋我[28]。天诱其衷[29]，成王陨命，穆公是以不克逞志于我[30]。

"穆、襄即世，康、灵即位[31]。康公，我之自出[32]，又欲阙翦我公室[33]，倾覆我社稷，帅我蝥贼[34]，以来荡摇我边疆，我是以有令狐之役[35]。康犹不悛[36]，入我河曲[37]，伐我涑川[38]，俘我王官[39]，翦我羁马[40]，我是以有河曲之战[41]。东道之不通，则是康公绝我好也[42]。

"及君之嗣也[43]，我君景公引领西望[44]，曰：'庶抚我乎！'君亦不惠

㉑ 迭(yì)：通"轶"，突然进犯。指秦军袭郑，路过晋国殽山一事。㉒ 奸绝我好：断绝我同友好国家往来。㉓ 保城：保，同"堡"，边境上防御用的土筑小城。㉔ 殄(tiǎn)：灭绝。费(bì)滑：费为滑国的都城。费滑即滑国，在今河南偃师。㉕ 兄弟：指郑、滑与晋都是姬姓，是兄弟之国。秦袭郑灭滑，故言"散离我兄弟"。㉖ 殽之师：指秦、晋殽之战。晋国在殽(今河南洛宁北)伏击秦军。㉗"犹愿"句：还是希望秦穆公能赦免晋国之罪。指释放孟明与秦求和解。㉘ 即楚：亲近楚国，指秦释放楚臣鬬(dòu)克以求和好一事。㉙ 天诱其衷：天开其心。犹今言"老天爷是有眼睛的"。㉚ 逞志：快意，满足心愿。㉛ 康、灵：秦康公、晋灵公。㉜ 我之自出：康公是晋国的外甥，故说出自晋国。㉝ 阙翦：损害。㉞ 蝥(máo)贼：害虫，指秦送来争位的晋公子雍，因他一直寄居秦国，吕相认为他是内奸。㉟ 令狐之役：公元前620年，晋败秦于令狐。令狐，在今山西临猗西。㊱ 悛(quān)：悔改。㊲ 河曲：地名。在今山西永济东南。此地正当黄河转折处，故称。㊳ 涑(sù)川：即涑水，源于山西绛县，至蒲州流入黄河。㊴ 王官：地名，在今山西闻喜南。㊵ 羁马：地名，在今山西芮城。㊶ 河曲之战：公元前57年，秦、晋战于河曲。㊷"东道之不通"两句：晋在秦东，秦康公绝晋之好，故不能东通于晋。㊸ 君：指秦桓公。㊹ 引领：伸长脖子。

称盟㊺。利吾有狄难㊻，入我河县㊼，焚我箕、郜㊽，芟夷我农功㊾，虔刘我边垂㊿，我是以有辅氏之聚[51]。君亦悔祸之延，而欲徼福于先君献、穆，使伯车来命我景公[52]，曰：'吾与女同好弃恶，复修旧德，以追念前勋。'言誓未就，景公即世，我寡君是以有令狐之会[53]。君又不祥[54]，背弃盟誓。白狄及君同州[55]，君之仇雠，而我之昏姻也[56]。君来赐命曰：'吾与女伐狄。'寡君不敢顾昏姻，畏君之威，而受命于吏。君有二心于狄，曰：'晋将伐女。'狄应且憎[57]，是用告我[58]。楚人恶君之二三其德也[59]，亦来告我曰：'秦背令狐之盟，而来求盟于我，昭告昊天上帝、秦三公、楚三王曰[60]：余虽与晋出入[61]，余唯利是视[62]。不穀恶其无成德[63]，是用宣之，以惩不一。'诸侯备闻此言，斯是用痛心疾首，昵就寡人[64]。寡人帅以听命[65]，唯好是求。君若惠顾诸侯，矜哀寡人，而赐之盟，则寡人之愿也，其承宁诸侯以退[66]，岂敢徼乱？君若不施大惠，寡人不佞，其不能以诸侯退矣。敢尽布之执事[67]，俾执事实图利之[68]！"

㊺ 不惠称盟：不肯加惠同晋结盟。 ㊻ 狄难：指晋灭赤狄潞氏之事。 ㊼ 河县：指靠近黄河的县邑。 ㊽ 箕：箕邑，在今山西蒲县东北。郜：在今山西祁县西。 ㊾ 芟(shān)夷：铲除。农功：指农作物。 ㊿ 虔刘：劫掠，杀害。 [51] 辅氏之聚：公元前54年晋聚众于辅氏以抗秦师。辅氏：在今陕西朝邑西北。 [52] 伯车：秦桓公之子，名铖。 [53] 令狐之会：在公元前580年。 [54] 不祥：不善。 [55] 同州：同居雍州。 [56] 我之昏姻：白狄伐赤狄，俘获其女季隗，送给晋文公为妾，所以这样说。 [57] 狄应且憎：狄虽口上答应秦国，但心中实际上憎恨其无信。 [58] 是用：因此。 [59] 二三其德：指言行反覆。 [60] 昊(hào)天：伟大的天。秦三公：穆公、康公、共公。楚三王：成王、穆王、庄王。 [61] 出入：往来。 [62] 唯利是视：唯利是图。 [63] 成德：全德。 [64] 昵就：亲近。 [65] 帅以听命：率领诸侯来听候秦的答复。 [66] 承宁诸侯：秉承秦国之意，安定诸侯。 [67] 布：公开陈述。 [68] 执事：对对方的尊称，即秦桓公。

（童雅君）

季札观周乐[①]

【题解】

根据我国古代音乐理论，音乐不仅能表现人们的思想感情，而且能反映出时代的风貌。季札观周乐，便是这种理论具体和形象的表达。他对乐舞的感受，不仅在节奏、姿态，还能联系这种乐舞所产生的历史文化背景以及当前的社会政治环境，揭其内涵，探其真谛。由于音乐语言是一种通过听觉打动人心的象征性艺术语言，故季札听乐，用了丰富多采的譬喻来表达自己的感受，体现了我国古代对音乐欣赏和理解的极高水准。

吴公子札来聘[②]……请观于周乐[③]。

使工为之歌《周南》《召南》[④]，曰："美哉！始基之矣[⑤]，犹未也[⑥]，然勤而不怨矣。"为之歌《邶》《鄘》《卫》[⑦]，曰："美哉，渊乎！忧而不困者也。吾闻卫康叔、武公之德如是[⑧]，是其《卫风》乎？"为之歌《王》[⑨]，

---

① 选自《左传·襄公二十九年》。季札：吴王寿梦第四子，也称吴公子札。 ② 来聘：访问鲁国。 ③ 周乐：鲁国是周公之后，故有周天子之乐。 ④《周南》《召南》：《诗经·国风》的组成部分。周南，约在今陕西、河南之间；召南，约在今河南、湖北之间。 ⑤ 基之：为王业奠定基础。 ⑥ 犹未：还未尽善。 ⑦《邶》《鄘》《卫》：《诗经·国风》的组成部分。邶，在今河南汤阴东南。鄘，在今河南新乡西南。卫，在今河南淇县。 ⑧ 卫康叔：周公弟，始封于卫。武公：卫康叔的九世孙。二人都是卫国的贤君，德化深远。 ⑨《王》：《诗经·国风》之一。是东周雒邑王城一带的民歌。

曰："美哉！思而不惧⑩，其周之东乎⑪！"为之歌《郑》⑫，曰："美哉！其细已甚，民弗堪也⑬。是其先亡乎！"为之歌《齐》⑭，曰："美哉，泱泱乎⑮！大风也哉⑯！表东海者⑰，其大公乎⑱！国未可量也。"为之歌《豳》⑲，曰："美哉，荡乎！乐而不淫，其周公之东乎⑳！"为之歌《秦》㉑，曰："此之谓夏声㉒。夫能夏则大，大之至也，其周之旧乎！"为之歌《魏》㉓，曰："美哉，沨沨乎㉔！大而婉㉕，险而易行㉖，以德辅此，则明主也。"为之歌《唐》㉗，曰："思深哉！其有陶唐氏之遗民乎㉘！不然，何其忧之远也。非令德之后，谁能若是？"为之歌《陈》㉙，曰："国无主㉚，其能久乎！"自《郐》以下无讥焉㉛。

为之歌《小雅》，曰："美哉！思而不贰㉜，怨而不言，其周德之衰乎？犹有先王之遗民焉。"为之歌《大雅》，曰："广哉，熙熙乎！曲而

---

⑩ 思而不惧：有忧思而不害怕。 ⑪ 其周之东乎：恐怕是周东迁之后的乐诗吧！ ⑫《郑》：《诗经・国风》之一，是郑国的民歌。 ⑬ 弗堪：不能忍受。 ⑭《齐》：《诗经・国风》之一，是齐国的民歌。 ⑮ 泱泱(yāng)：宏大之声。 ⑯ 大风：大国之风。 ⑰ 表东海者：作为东海一带诸侯的表率。 ⑱ 大公：即姜太公。 ⑲《豳(bīn)》：《诗经・国风》之一，是豳国的民歌。豳，在今陕西栒邑、彬县一带。 ⑳ 其周公之东乎：大约是周公东征时的诗吧。 ㉑《秦》：《诗经・国风》之一，是秦国的民歌。 ㉒ 夏声：夏，同"雅"，秦在西周旧地，故有雅声。 ㉓《魏》：《诗经・国风》之一，是魏国的民歌。魏，在今山西芮城县北一带。魏为姬姓之国，后为晋所灭，这里所描写的就是晋乐的风格。 ㉔ 沨沨(fēng)：形容乐声婉转悠扬。 ㉕ 大而婉：粗犷又婉转。 ㉖ 险而易行：虽乐歌节拍急促，但乐调易于推行。 ㉗《唐》：《诗经・国风》之一，是唐国的民歌。唐，在今山西太原一带。 ㉘ 陶(yáo)唐氏：远古部落名，其首领为尧。 ㉙《陈》：《诗经・国风》之一，是陈国的民歌。陈，在今河南开封以东，安徽亳县以北。 ㉚ 国无主：陈声淫荡，无所畏忌，故曰无主。 ㉛《郐》：亦作"桧"，《诗经・国风》之一，是郐国的民歌。郐，在今河南郑州南。讥：评论。 ㉜ 思而不贰：虽有忧思但无背叛之心。

有直体[33]，其文王之德乎?”为之歌《颂》[34]，曰:“至矣哉！直而不倨，曲而不屈，迩而不偪[35]，远而不携，迁而不淫，复而不厌，哀而不愁，乐而不荒，用而不匮，广而不宣，施而不费，取而不贪，处而不底[36]，行而不流。五声和[37]，八风平[38]，节有度，守有序，盛德之所同也。”

见舞《象箾》《南籥》者[39]，曰:“美哉！犹有憾[40]。”见舞《大武》者[41]，曰:“美哉！周之盛也，其若此乎!”见舞《韶濩》者[42]，曰:“圣人之弘也，而犹有惭德[43]，圣人之难也。”见舞《大夏》者[44]，曰:“美哉！勤而不德[45]，非禹，其谁能修之?”见舞《韶箾》者[46]，曰:“德至矣哉，大矣！如天之无不帱也[47]，如地之无不载也。虽甚盛德，其蔑以加于此矣[48]。观止矣[49]！若有他乐，吾不敢请已。”

㉝ 曲而有直体:指乐曲有抑扬顿挫高下之妙，而本体劲直刚健。 ㉞《颂》:《诗经》中有《周颂》《鲁颂》《商颂》，此仅指《周颂》言。 ㉟ 迩而不偪:亲近而不侵迫。偪，同“逼”。 ㊱ 处而不底:静止而不停顿。 ㊲ 五声:指宫、商、角、徵、羽。 ㊳ 八风:八方之气。一说八风即八音，指金、石、丝、竹、匏、土、革、木。平:协调。 ㊴《象箾(shuò)》:武舞名，即一种执竿而舞，好像战争时用干戈击刺一样的舞蹈。箾，武舞时所执的竿。《南籥(yuè)》:文舞名，即以籥伴奏而舞的一种舞蹈。籥，箫一类乐器。 ㊵ 犹有憾:以上两种舞都为周文王的乐舞，文王未见周朝建立，所以说还有遗憾。 ㊶《大武》:周武王的乐舞。 ㊷《韶濩(hù)》:成汤的乐舞。 ㊸ 惭德:指行事有缺点而内愧于心。季札认为商汤伐桀，是以下犯上，故有此言。 ㊹《大夏》:歌颂夏禹的乐舞。 ㊺ 不德:不自以为有德。 ㊻《韶箾(xiāo)》:即“箫韶”，相传为虞舜的乐舞。 ㊼ 帱(dào):覆盖。 ㊽ 蔑以:无以。 ㊾ 观止:指聆听观赏的乐舞已达到尽善尽美的境界，无以复加，故观赏到这里为止。

（童雅君）

子产坏晋馆垣[①]

【题解】

晋侯借故不见郑伯，显然是大国之君的倨傲无礼；子产尽毁馆舍的围墙，则是一件出人意外的举动；士文伯的责备，分明是代表晋侯前来问罪。子产胸中早有打算，故回答句句针锋相对，义正而不阿，词强而不激，最后反诘，更使晋人无以置辩。对于子产这番话，士文伯不措一词，赵文子心服口服，叔向更是赞叹不已。不仅郑伯因此身价倍增，连同其他诸侯也因此得利，可见善于辞令，在许多场合(特别是外交场合)能发挥巨大作用。本篇可称善于辞令的典范。

公薨之月，子产相郑伯以如晋[②]。晋侯以我丧故[③]，未之见也。子产使尽坏其馆之垣而纳车马焉。

士文伯让之[④]，曰："敝邑以政刑之不修，寇盗充斥，无若诸侯之属辱在寡君者何[⑤]，是以令吏人完客所馆，高其闬闳[⑥]，厚其墙垣，以无忧客使。今吾子坏之，虽从者能戒，其若异客何[⑦]？以敝邑之为盟

---

① 选自《左传·襄公三十一年》。子产(？—前522)：公孙侨，郑国执政。垣：围墙。
② 郑伯：指郑简公。 ③ 晋侯：指晋平公。我丧：指鲁襄公丧事。 ④ 士文伯：士匄，字伯瑕，晋国大夫。 ⑤ 辱：表敬副词，屈尊。此句连上句意为盗贼到处都有，将如何安置屈尊前来朝聘晋君的诸侯宾客。 ⑥ 闬闳(hàn hóng)：里巷之门，此指宾馆门。 ⑦ 异客：指他国宾客。

主,缮完葺墙,以待宾客。若皆毁之,其何以共命[⑧]?寡君使匄请命[⑨]。"

对曰:"以敝邑褊小[⑩],介于大国,诛求无时[⑪],是以不敢宁居,悉索敝赋[⑫],以来会时事[⑬]。逢执事之不闲,而未得见;又不获闻命,未知见时。不敢输币,亦不敢暴露。其输之,则君之府实也,非荐陈之[⑭],不敢输也。其暴露之,则恐燥湿之不时而朽蠹,以重敝邑之罪。侨闻文公之为盟主也[⑮],宫室卑庳[⑯],无观台榭,以崇大诸侯之馆,馆如公寝[⑰];库厩缮修,司空以时平易道路[⑱],圬人以时塓馆宫室[⑲];诸侯宾至,甸设庭燎[⑳],仆人巡宫;车马有所,宾从有代[㉑],巾车脂辖[㉒],隶人牧圉[㉓],各瞻其事;百官之属,各展其物[㉔];公不留宾,而亦无废事;忧乐同之,事则巡之;教其不知,而恤其不足。宾至如归,无宁灾患[㉕];不畏寇盗,而亦不患燥湿。今铜鞮之宫数里[㉖],而诸侯舍于隶人[㉗]。门不容车,而不可逾越;盗贼公行,而夭疠不戒[㉘]。宾

---

⑧ 共命:供应宾客的需求。 ⑨ 请命:请问拆毁墙垣的理由。 ⑩ 褊(biǎn)小:狭小。 ⑪ 诛:责。 ⑫ 悉索敝赋:尽搜郑国财物。 ⑬ 来会时事:前来朝会。 ⑭ 荐陈:古代的一种外交仪式,即当庭陈列聘享的礼物。意为进献。 ⑮ 文公:指晋文公。 ⑯ 卑庳(bǐ):低下。 ⑰ 公寝:国君宫室。 ⑱ 司空:掌管土木工程的官。平易:整治。 ⑲ 圬(wū)人:泥水匠。塓(mì):粉刷墙壁。 ⑳ 甸:甸人,管理薪火的官。庭燎:庭中照明的火烛。 ㉑ 宾从有代:言外宾的随从仆役有人替代。 ㉒ 巾车:管理车辆的官。脂辖:用油脂涂轮轴。 ㉓ 隶人:管理洒扫房舍和住所的人。牧:看守牛羊的人。圉:看守马的人。 ㉔ 各展其物:各陈其物以供宾客。 ㉕ 无宁灾患:还有什么灾患? ㉖ 铜鞮(dī)之宫:晋国离宫,在今山西沁县南二十五里。 ㉗ 舍于隶人:诸侯宾客住处如奴隶所居。 ㉘ 夭疠:夭折与疾疫。不戒:不预防。

见无时,命不可知[29]。若又勿坏,是无所藏币以重罪也。敢请执事:将何所命之?虽君之有鲁丧,亦敝邑之忧也[30]。若获荐币,修垣而行,君之惠也,敢惮勤劳!"

文伯复命。赵文子曰[31]:"信[32]!我实不德,而以隶人之垣以赢诸侯[33],是吾罪也。"使士文伯谢不敏焉[34]。晋侯见郑伯,有加礼,厚其宴好而归之。乃筑诸侯之馆。

叔向曰[35]:"辞之不可以已也如是夫[36]!子产有辞,诸侯赖之。若之何其释辞也[37]?《诗》曰:'辞之辑矣,民之协矣;辞之怿矣,民之莫矣[38]。'其知之矣。"

㉙ 命:指晋君召见之命。 ㉚"虽君之有鲁丧"两句:晋、郑皆与鲁同姓,晋国之忧,即郑国之忧。 ㉛ 赵文子:赵武,赵盾之孙,晋国大夫。 ㉜ 信:确是如此。 ㉝ 赢:受,引申为接待。 ㉞ 不敏:不聪明。谦词。 ㉟ 叔向:姓羊舌,名肸(xī),晋国大夫。 ㊱ 不可以已:不可以废。 ㊲ 释辞:舍弃辞令。 ㊳"辞之辑矣"四句:见《诗经·大雅·板》,意为言辞和睦则人民融洽,言辞悦怿则人民安定。

(童雅君)

子革对楚灵王[①]

【题解】

楚灵王不仅想求取周王的传国之宝，还要索取其远祖伯父曾经居住过的旧地，使天下诸侯都臣服于己。文中淡淡地记述了楚王的三个提问，一个目中无人、口出狂言的人物形象，便跃然纸上。对于楚王的话，子革只是冷冷地附和几句，毫无异议，但一种讥嘲之意，已流露于字里行间。文章之妙，正在君臣一问一答之间，看似应之若响，实则南辕北辙。转折处又以析父一问，兴起波澜，借《祈招》之诗，作为利刃，以斩灵王淫肆之心，既不忤意刺耳，又能使人恍然有悟。最后写楚灵王辱于乾溪，与开篇屯兵乾溪时的趾高气扬对照，尤其意味深长。

楚子狩于州来[②]，次于颍尾[③]，使荡侯、潘子、司马督、嚣尹午、陵尹喜帅师围徐以惧吴[④]。楚子次于乾溪[⑤]，以为之援。

雨雪，王皮冠，秦复陶[⑥]，翠被[⑦]，豹舄[⑧]，执鞭以出。仆析父

① 选自《左传·昭公十二年》。子革：郑丹。郑国大夫子然的儿子，由郑国投奔楚国。灵王：楚灵王。 ② 狩：冬猎。州来：楚邑，在今安徽凤台县。 ③ 次：驻扎。颍尾：颍水入淮处，在今安徽正阳关。 ④ 荡侯、潘子、司马督、嚣尹午、陵尹喜：皆楚国大夫。徐：吴、楚之间的小国，在今安徽泗县。吴：古国名，姬姓，在今江苏南部和上海一带。 ⑤ 乾溪：楚邑，在今安徽亳县东南。 ⑥ 秦复陶：秦国赠给楚王御寒的羽衣。 ⑦ 翠被(pī)：用翠羽装饰的披风。 ⑧ 豹舄(xì)：用豹皮制的木底鞋。

从[9]。右尹子革夕[10]，王见之，去冠、被，舍鞭[11]，与之语，曰："昔我先王熊绎与吕伋、王孙牟、燮父、禽父并事康王[12]，四国皆有分[13]，我独无有。今吾使人于周，求鼎以为分[14]，王其与我乎？"对曰："与君王哉！昔我先王熊绎辟在荆山[15]，筚路蓝缕，以处草莽[16]，跋涉山林，以事天子。唯是桃弧、棘矢[17]，以共御王事[18]。齐，王舅也[19]；晋及鲁、卫，王母弟也[20]。楚是以无分，而彼皆有。今周与四国服事君王，将唯命是从，岂其爱鼎？"王曰："昔我皇祖伯父昆吾[21]，旧许是宅[22]。今郑人贪赖其田，而不我与。我若求之，其与我乎？"对曰："与君王哉！周不爱鼎，郑敢爱田？"王曰："昔诸侯远我而畏晋，今我大城陈、蔡、不羹[23]，赋皆千乘[24]，子与有劳焉，诸侯其畏我乎？"对曰："畏君王哉！是四国者[25]，专足畏也[26]。又加之以楚，敢不畏君王哉！"

---

⑨ 仆析父：楚国大夫。 ⑩ 夕：暮见。 ⑪"去冠、被"二句：为楚灵王礼敬郑丹的表示。⑫ 熊绎：芈姓，事周成王，封以子爵，为楚国始封之君。吕伋：齐太公姜尚之子，嗣为齐侯。王孙牟：卫康叔之子，名髡。燮父：晋唐叔之子。禽父：即伯禽，周公姬旦之子，始封于鲁。康王：周康王，周成王之子。 ⑬ 四国皆有分：指齐、鲁、晋、卫四国都分到周的珍宝之器。⑭ 求鼎以为分：相传禹铸九鼎，夏、商、周三代相传，为国之至宝。楚灵王欲求周之九鼎，野心很大。 ⑮ 辟：同"僻"。荆山：在今湖北漳县西。 ⑯"筚路蓝缕"两句：驾柴车，穿敝衣，开山辟地。形容创业之艰。 ⑰ 桃弧棘矢：桃木制的弓、枣枝做的箭，古人用以辟邪。⑱ 共：通"供"。共御王事：为天子抵御不祥之事。 ⑲ 王舅：周成王母邑姜，是齐太公之女。⑳ 王母弟：周公姬旦、康叔，都是周武王的弟弟；唐叔，是周成王的弟弟。 ㉑ 昆吾：楚国的远祖季连之兄，故称"皇祖伯父"。 ㉒ 旧许是宅：曾居住在许。其地后为郑所占，故谓旧许。㉓ 不羹：有二，一在河南襄城东南，叫西不羹；一在今河南舞阳北，叫东不羹。 ㉔ 赋：古代按田赋出兵，故称兵为赋。 ㉕ 四国：指陈、蔡和东、西二不羹。 ㉖ 专足畏：足够使人害怕。

工尹路请曰[27]:“君王命剥圭以为镦柲[28],敢请命。”王入视之。析父谓子革:“吾子,楚国之望也。今与王言如响[29],国其若之何?”子革曰:“摩厉以须,王出,吾刃将斩矣[30]。”

王出,复语。左史倚相趋过[31],王曰:“是良史也,子善视之!是能读《三坟》《五典》《八索》《九丘》[32]。”对曰:“臣尝问焉,昔穆王欲肆其心[33],周行天下,将皆必有车辙马迹焉。祭公谋父作《祈招》之诗[34],以止王心,王是以获没于祗宫[35]。臣问其诗而不知也。若问远焉,其焉能知之?”王曰:“子能乎?”对曰:“能。其诗曰:‘祈招之愔愔[36],式昭德音[37]。思我王度[38],式如玉,式如金[39]。形民之力[40],而无醉饱之心。’”王揖而入,馈不食,寝不寐,数日,不能自克,以及于难[41]。

仲尼曰:“古也有志:‘克己复礼,仁也。’信善哉!楚灵王若能如是,岂其辱于乾溪?”

㉗ 工尹路:楚国工官之长,名路。 ㉘ 剥圭以为镦柲(qī bì):破圭玉以饰斧柄。镦,斧。柲,柄。 ㉙“今与”句:讥讽子革顺灵王之意,对答应之若回声。 ㉚“摩厉以须”三句:把自己的言语比作锋刃,磨快了等着斩楚王的淫肆之心。摩,通“磨”。厉,同“砺”。须,等待。 ㉛ 倚相:楚史官名。趋过:小步而行。表示恭敬。 ㉜《三坟》《五典》《八索》《九丘》:古代书名,均已佚失。 ㉝ 穆王:指周穆王。 ㉞ 祭公谋父:周公之孙,名谋父,周卿士。《祈招》:诗名。 ㉟ 祗(zhī)官:离宫,在今陕西华县北。此句意为周穆王闻谏而止,因此得善终于祗宫。 ㊱ 愔愔(yīn):安详和悦的样子。 ㊲ 式昭德音:表现有德者的声音。式,语助词。 ㊳ 王度:王者的品德度量。 ㊴“式如玉”两句:如玉之坚,如金之重。 ㊵ 形:成。此句意为体恤民力。 ㊶ 以及于难:这是追叙之辞。言楚灵王虽感于子革之言,但终不能克制其野心,第二年,被困于乾溪而自缢。

(童雅君)

晏子论诛于祝史[1]

【题解】

本文前后二提“公说(悦)”,有画龙点睛的作用。齐景公前面“悦”,是听信梁丘据等人的妖言,想找个替罪羊,是其本质残暴淫荡、文过饰非的暴露。后面“悦”,则是听从晏子的劝说,是外来的讽谕在其身上所起的作用。在晏子看来,齐景公在政治上的病,远比其身上的病严重。文中所言,句句都是针砭时弊的药石。与前篇子革从侧面劝说,言词幽默含蓄不同,本文从正面进行铺陈,层层递进,义正辞严,终于使齐景公改变主张,进行改革。

齐侯疥[2],遂痁[3],期而不瘳[4]。诸侯之宾问疾者多在。梁丘据与裔款言于公曰[5]:“吾事鬼神丰,于先君有加矣。今君疾病,为诸侯忧,是祝、史之罪也。诸侯不知,其谓我不敬,君盍诛于祝固、史嚚以辞宾[6]?”

公说[7],告晏子。晏子曰:“日宋之盟[8],屈建问范会之德于赵

---

① 选自《左传·昭公二十年》。晏子:名婴,字平仲,齐国大夫,景公时为齐相。祝:祠庙中掌祭祀祈祷的人。史:在王左右的史官,掌管祭祀和记事等。 ② 疥(jiè):通“痎”。两日一发的疟疾。 ③ 痁(shān):持续多日的疟疾。 ④ 期:一年。瘳(chōu):病愈。 ⑤ 梁丘据、裔款:皆景公宠幸的大夫。 ⑥ 盍(hé):何不。辞宾:辞谢来问疾的宾客。 ⑦ 说:同“悦”。 ⑧ 日:往日。

武[9]。赵武曰：'夫子之家事治，言于晋国，竭情无私。其祝、史祭祀，陈信不愧；其家事无猜[10]，其祝、史不祈。'建以语康王[11]，康王曰：'神人无怨，宜夫子之光辅五君[12]，以为诸侯主也。'"

公曰："据与款谓寡人能事鬼神，故欲诛于祝、史，子称是语，何故？"对曰："若有德之君，外内不废，上下无怨，动无违事[13]，其祝、史荐信[14]，无愧心矣。是以鬼神用飨[15]，国受其福，祝、史与焉。其所以蕃祉老寿者[16]，为信君使也[17]，其言忠信于鬼神。其适遇淫君，外内颇邪[18]，上下怨疾，动作辟违[19]，从欲厌私[20]。高台深池，撞钟舞女，斩刈民力，输掠其聚[21]，以成其违，不恤后人。暴虐淫从[22]，肆行非度，无所还忌[23]。不思谤讟[24]，不惮鬼神。神怒民痛，无悛于心[25]。其祝、史荐信，是言罪也[26]；其盖失数美[27]，是矫诬也。进退无辞，则虚以求媚[28]。是以鬼神不飨其国以祸之，祝、史与焉。所以夭昏孤疾者[29]，为暴君使也，其言僭嫚于鬼神[30]。"

公曰："然则若之何？"对曰："不可为也：山林之木，衡鹿守之[31]；

---

⑨ 屈建：楚令尹子木。范会：晋国大夫士会，又称随武子、范武子。赵武：晋国大夫赵文子，又称赵孟，赵盾之孙。 ⑩ 猜：猜疑。 ⑪ 康王：指楚康王。 ⑫ 五君：指晋国自文公至景公五代君主。 ⑬ 违事：违礼之事。 ⑭ 荐信：陈述实情。 ⑮ 用飨：享受祭品。 ⑯ 蕃祉(zhǐ)：多福。 ⑰ 信君：诚实的国君。 ⑱ 颇邪：偏邪不正。 ⑲ 辟违：邪僻，乖戾。 ⑳ 从欲厌私：放纵侈心，满足私欲。 ㉑ "斩刈(yì)民力"两句：滥用民力，如割草菅；夺取民财，如逢寇掠。 ㉒ 淫从：极度放纵。 ㉓ 还忌：顾忌。 ㉔ 讟(dú)：诽谤，怨恨。 ㉕ 悛(quān)：悔改。 ㉖ "其祝、史荐信"两句：以实际情况告神，是言君之罪。 ㉗ 盖失数美：掩盖过失，数说美善。 ㉘ 虚以求媚：作虚假之辞，以求媚于神。 ㉙ 夭昏：幼年死亡。 ㉚ 僭嫚：欺诈轻侮。 ㉛ 衡鹿：管山林的官。

泽之萑蒲[32]，舟鲛守之[33]；薮之薪蒸[34]，虞侯守之[35]；海之盐蜃[36]，祈望守之[37]。县鄙之人，入从其政；偪介之关，暴征其私[38]；承嗣大夫[39]，强易其贿[40]。布常无艺[41]，征敛无度；宫室日更，淫乐不违[42]。内宠之妾，肆夺于市；外宠之臣，僭令于鄙[43]。私欲养求，不给则应[44]。民人苦病，夫妇皆诅[45]。祝有益也，诅亦有损。聊、摄以东[46]，姑、尤以西[47]，其为人也多矣。虽其善祝，岂能胜亿兆人之诅？君若欲诛于祝、史，修德而后可。"

公说，使有司宽政，毁关，去禁[48]，薄敛，已责[49]。

㉜ 萑(huán)蒲：芦类植物。 ㉝ 舟鲛：管水泽的官。 ㉞ 薮(sǒu)：少水的泽地。薪蒸：木柴。 ㉟ 虞侯：管柴薪的官。 ㊱ 蜃(shèn)：大蛤。 ㊲ 祈望：管海产的官。以上言齐侯专守山泽之利，不与民共。 ㊳"县鄙之人"四句：言边远地区的百姓，服从国家的征役，靠近国都，又设关征税，夺其私物。 ㊴ 承嗣大夫：世袭贵族。 ㊵ 强易：强迫交易。贿：财货。 ㊶ 布常无艺：所公布的政令没有法制。 ㊷ 不违：不肯离开。 ㊸ 僭令于鄙：在边区假传圣旨。 ㊹ 应：报复。 ㊺ 诅：诅咒。 ㊻ 聊、摄：城名。齐国西界。 ㊼ 姑、尤：水名。齐国东界。 ㊽ 去禁：除去对山海物产专利的禁令。 ㊾ 已责：豁免欠税。责，同"债"。

（童雅君）

《国语》 我国最早的一部按国别编写的史书，又称《春秋外传》。作者至今尚无定论，或以为是左丘明所作，较多的看法认为是战国时代的史官汇编各国史料而成。全书二十一卷。书中记载了从西周穆王十二年（前990）起至战国周贞定王十六年（前453）止五百余年中周、鲁、齐、晋、郑、楚、吴、越等八国的史事。论者多称它为"记言"之史。有三国吴韦昭注本、清洪亮吉《国语韦昭注疏》、汪远孙《国语校注本三种》等。

邵公谏厉王弭谤[1]

【题解】

这篇谏词包括三层意思。前后两层都是设喻，前者说明"防民之口"的危害，后者说明言论开放的益处。中间一层正面立论，援引明主善政作印证，句句与使国人不敢说话相反。全文正反设喻，结构严密，说理透彻，语言生动，体现了深刻的民本思想。

厉王虐[2]，国人谤王[3]，邵公告曰[4]："民不堪命矣[5]！"王怒，得卫巫[6]，使监谤者。以告，则杀之。国人莫敢言，道路以目[7]。

王喜，告邵公曰："吾能弭谤矣[8]。乃不敢言[9]。"邵公曰："是障

---

① 选自《国语·周语上》。 ② 厉王：周厉王姬胡。虐：凶暴。 ③ 国人：西周、春秋时对居住在国都的人的通称。 ④ 邵（shào）公：名虎，西周宗室邵康公之孙，死后谥穆，史称邵穆公。 ⑤ 不堪：不能忍受。命：政令。 ⑥ 卫巫：卫国的巫士。厉王相信巫士有预知术，所以令其监谤。 ⑦ 道路以目：行人在路上相遇，不敢交谈，只能以眼色表示心中的怨恨。 ⑧ 弭（mǐ）谤：消除谤言。 ⑨ 乃：终于。

之也⑩。防民之口，甚于防川。川壅而溃⑪，伤人必多；民亦如之。是故为川者决之使导⑫，为民者宣之使言⑬。故天子听政，使公卿至于列士献诗⑭，瞽献曲⑮，史献书⑯，师箴⑰，瞍赋⑱，矇诵⑲，百工谏⑳，庶人传语㉑。近臣尽规，亲戚补察㉒，瞽、史教诲，耆、艾修之㉓，而后王斟酌焉㉔。是以事行而不悖㉕。民之有口，犹土之有山川也，财用于是乎出㉖；犹其原隰之有衍沃也㉗，衣食于是乎生。口之宣言也，善败于是乎兴。行善而备败㉘，其所以阜财用衣食者也㉙。夫民虑之于心而宣之于口，成而行之㉚，胡可壅也㉛？若壅其口，其与能几何㉜？”

王不听，于是国人莫敢出言。三年，乃流王于彘㉝。

---

⑩ 障：防水的堤。引申为阻隔、堵塞。 ⑪ 壅(yǒng)：堵塞不通。溃：水破堤而出。 ⑫ 为川者：治水的人。决之使导：疏通水道，使水畅流。 ⑬ 宣之使言：开导人民，让他们发表意见。 ⑭ 列士：指上、中、下士。献诗：采集民间讽谕政事的诗歌献给君主。 ⑮ 瞽(gǔ)：盲人，指乐官。 ⑯ 史：史官，掌礼。书：史籍。 ⑰ 师：少师，乐官。箴(zhēn)：规戒性文辞，此处用作动词，即规劝。 ⑱ 瞍(sǒu)：没有眼珠的瞎子。赋：朗诵。 ⑲ 矇：有眼珠的瞎子。诵：诵读。 ⑳ 百工：从事各种工艺的人。 ㉑ 庶人传语：平民没有机会见到国君，他们对政事的意见间接传达给国君听。 ㉒ 补：弥补过失。察：监督行政。 ㉓ 耆(qí)：古称年六十者。艾：古称年五十者。修：戒饬，警告。 ㉔ 斟酌：考虑取舍，付之实行。 ㉕ 悖(bèi)：违逆(情理)。 ㉖ 是：此，这里，指山川。 ㉗ 原隰(xí)：低洼潮湿之地。衍沃：平坦肥沃的土地。 ㉘ 行善而备败：人民认为好的就推行，认为坏的就加以防范。 ㉙ 阜：增多。 ㉚ 成而行之：他们的意见如果正确，就照着实行。 ㉛ 胡：何，怎么。 ㉜ 其与能几何：老百姓归附你的能有几个人呢！ ㉝ 三年：过了三年，即公元前 842 年。流：放逐。彘(zhì)：晋地，在今山西霍县东北。

（史朐光）

襄王拒晋文公请隧[①]

【题解】

晋文公恃功邀赏，拒地请隧，本有轻视王室之意。周襄王空有天子之名，甚至不能自保，就连这次复位，也全赖晋文公的帮助，对其无理要求，既无法以谲词搪塞，也不能用严词指责。但此事直接关系到国体存亡、王室尊严，又决不能屈从。本文之妙，就在于使这个令人左右为难的棘手问题，既正大又巧妙地得到解决。文中出口便以堂堂正正之词相对，以见周室虽衰，正统犹在。前半篇用许多笔墨，只是要表明天子除“服物采章”外，并无特殊之处，可见隧礼不同寻常。下面连写不敢因私恩滥赏、不惜被废黜放逐、不能有负先王百姓，或婉曲，或冷隽，或峭厉，笔意峻严，颇多诛心之说。通篇全用逆笔振入，虽无一句直说不许请隧，但不许之意，层层深入，直说到晋文公自知理亏，不敢再请，受地而还。金圣叹评这篇文章：“其理甚直，其辞甚曲，其态甚婉，其旨甚辣。”

晋文公既定襄王于郏[②]，王劳之以地[③]，辞，请隧焉[④]。王弗许，曰：“昔我先王之有天下也，规方千里以为甸服[⑤]，以供上帝山川百

---

① 选自《国语·周语中》。 ② 晋文公：名重耳，公元前636—前628年在位，春秋五霸之一。襄王：周襄王，名姬郑。公元前651—前619年在位。周襄王十六年（前636），其异母弟叔带借兵大败周师，夺取王位，襄王出奔郑。次年，晋文公率军灭叔带，送襄王回国，在郏（jiá）复位。郏，周王城所在，在今河南洛阳西。 ③ 劳之以地：因勤王之功，襄王赐晋文公阳樊、温、原、欑茅等地。 ④ 隧：墓道。古代天子葬礼，灵柩从墓道入葬墓穴，诸侯不能用此葬礼。⑤ 甸服：古代在王畿外围，每五百里为一区划，按距离远近分侯服、甸服、绥服、要服、荒服，为五服。

神之祀⑥，以备百姓兆民之用⑦，以待不庭不虞之患⑧。其余以均分公侯伯子男⑨，使各有宁宇⑩，以顺及天地⑪，无逢其灾害，先王岂有赖焉⑫。内官不过九御⑬，外官不过九品⑭，足以供给神祇而已⑮，岂敢厌纵其耳目心腹以乱百度⑯？亦唯是死生之服物采章⑰，以临长百姓而轻重布之⑱，王何异之有⑲？

"今天降祸灾于周室，余一人仅亦守府⑳，又不佞以勤叔父㉑，而班先王之大物以赏私德㉒，其叔父实应且憎㉓，以非余一人㉔，余一人岂敢有爱？先民有言曰：'改玉改行㉕。'叔父若能光裕大德，更姓改物㉖，以创制天下，自显庸也㉗，而缩取备物以镇抚百姓㉘，余一人其流辟旅于裔土㉙，何辞之有与？若犹是姬姓也，尚将列为公侯，

---

⑥ 上帝：天神五帝。山川：五岳河海。百神：丘陵坟衍之神。 ⑦ 百姓：百官。兆民：万民。用：财用。 ⑧ 不庭：背叛不服从朝廷。或作不道、无道解。不虞：意外。 ⑨ 其余：指甸服以外之地。均分公侯伯子男：据《周礼》，公封地五百里，侯四百里，伯三百里，子二百里，男一百里。 ⑩ 宁宇：安居之处。 ⑪ 顺及天地：顺应天地尊卑之义。 ⑫ "先王"句：此句言历代周王都无所利，而把利益均分给诸侯。赖，利。 ⑬ 内官：官中女官。九御：九嫔。 ⑭ 外官：朝廷官吏。九品：九卿。 ⑮ 神：天神。祇(qí)：地神。 ⑯ 厌：通"餍"，满足。耳目：指声色。心腹：指嗜欲。度：法度。 ⑰ 服物采章：衣服、器物上的彩色和花纹。古代不同等级的人，对服物采章有明确规定，不准逾越。 ⑱ 临长：统治。轻重布之：使尊卑贵贱各有等级。 ⑲ 王何异之有：除此之外，王没有什么特殊之处。 ⑳ 守府：守着先王的府藏。 ㉑ 不佞：不才。勤：劳。叔父：天子称同姓诸侯为叔父，此处指晋文公。 ㉒ 班：分赐。大物：指隧，即天子葬礼。私德：对自己有恩德的人。 ㉓ 实应且憎：接受了这非分的葬礼，同时也会憎恶。应，接受。 ㉔ 非：责怪。 ㉕ 改玉改行：玉，佩玉，用以节制行步。所佩玉不同，行走速度也不同。君臣尊卑，迟速有节。这里暗示晋文公尚在臣位，不宜有隧葬。 ㉖ 更姓改物：君王易姓，改变前朝的文物制度（主要是改正朔，易服色），即改朝换代。 ㉗ 庸：功劳。 ㉘ 缩：收。备物：指服物采章。 ㉙ 流：流放。辟：通"避"。裔土：边远之地。

以复先王之职,大物其未可改也。叔父其懋昭明德[30],物将自至[31],余何敢以私劳变前之大章[32],以忝天下[33],其若先王与百姓何[34]?何政令之为也[35]?若不然,叔父有地而隧焉,余安能知之?”

文公遂不敢请,受地而还。

㉚ 懋:勉励。昭:显示。 ㉛ 物:指隧。 ㉜ 大章:重大制度。 ㉝ 忝(tiǎn):羞辱,有愧于。 ㉞“其若”句:怎么对得起先王与百姓呢? ㉟ 何政令之为:何以君临百姓而行政令?

(黄　珅)

叔向论忧德不忧贫[1]

【题解】

韩宣子忧贫,本人之常情,叔向却出人意外向他祝贺,似乎有悖情理。而下面引出的一段议论,征引前事,正反对照,总结经验教训,合情合理,又使人不能不叹服。文中反复申言的主旨“忧德不忧贫”,给人留下深刻印象。文心奇曲,有匪夷所思之妙。后世柳宗元《贺进士王参元失火书》等文,即脱胎于此。

叔向见韩宣子[2],宣子忧贫,叔向贺之。

---

① 选自《国语·晋语八》。 ② 叔向:姓羊舌,名肸(xī),晋国大夫。韩宣子:韩起,晋国正卿。

宣子曰："吾有卿之名，而无其实[3]，无以从二三子[4]，吾是以忧，子贺我何故？"对曰："昔栾武子无一卒之田[5]，其宫不备其宗器[6]，宣其德行，顺其宪则[7]，使越于诸侯[8]，诸侯亲之，戎、狄怀之[9]，以正晋国，行刑不疚[10]，以免于难[11]。及桓子骄泰奢侈[12]，贪欲无艺[13]，略则行志[14]，假贷居贿[15]，宜及于难，而赖武之德，以没其身[16]。及怀子改桓之行[17]，而修武之德，可以免于难，而离桓之罪[18]，以亡于楚。夫郤昭子[19]，其富半公室[20]，其家半三军[21]，恃其富宠，以泰于国[22]，其身尸于朝[23]，其宗灭于绛[24]。不然，夫八郤，五大夫三卿[25]，其宠大矣，一朝而灭，莫之哀也，唯无德也。今吾子有栾武子之贫，吾以为能其德矣[26]，是以贺。若不忧德之不建，而患货之不足，将吊不暇，何贺之有？"

宣子拜稽首焉[27]，曰："起也将亡，赖子存之。非起也敢专承之，

---

③ 实：指财物。 ④ 从：追随，与之交往。二三子：指卿大夫。 ⑤ 栾武子：栾书，晋上卿。一卒之田：一百顷田地，这是上大夫的俸禄。上卿的俸禄应有一旅之田五百顷。 ⑥ 宗器：祭祀用的器具。 ⑦ 宪则：法度。 ⑧ 越：传播美名。 ⑨ 怀：归附。 ⑩ 行刑不疚：执法公正，心无不安。 ⑪ 以免于难：指栾武子杀晋厉公却未受"弑君"的祸难。 ⑫ 桓子：栾黡(yǎn)，栾书的儿子。骄泰：傲慢到极点。 ⑬ 无艺：没有限度。 ⑭ 略则：干犯法纪。行志：任性胡为。 ⑮ 假贷：放债。居贿：屯积财货。 ⑯ "赖武之德"两句：(桓子)幸赖栾武子之德而得到善终。 ⑰ 怀子：桓子的儿子栾盈。 ⑱ 离：通"罹"，遭受。 ⑲ 郤昭子：郤至，晋国正卿。 ⑳ 公室：指国家。 ㉑ 半三军：指晋国上、中、下三军中的将佐，郤家占一半。 ㉒ 泰：骄横放肆。 ㉓ 尸：陈尸示众。 ㉔ 绛：晋都，在今山西翼城东南。 ㉕ "八郤"句：郤氏八人，三人为卿，五人为大夫。 ㉖ 能其德：能行栾武子之德。 ㉗ 稽首：古时一种跪拜礼，叩头至地，是最恭敬的礼节。

其自桓叔以下，嘉吾子之赐[28]。”

---

[28] 桓叔：韩氏的祖先。以下：后代。

（史煦光）

阎没叔宽谏魏献子无受贿[1]

【题解】

本文之妙，全在食中三叹。第一叹纯属无中生有，突然想到“不足”二字，因唯恐不足而叹。第二叹十分自然地牵到魏献子身上，既为上卿，岂有不足，原先的想法实在可笑，因自咎而叹。第三叹将“不足”二字推翻，人当知足，不应奢求，小人如此，君子也应这样，由此生叹。从“忧不足”到“知足”，将讽谏之意含蓄、诙谐地表达出来，不仅使人易于接受，而且乐于接受。

梗阳人有狱[2]，将不胜，请纳赂于魏献子[3]，献子将许之。阎没谓叔宽曰[4]：“与子谏乎！吾主以不贿闻于诸侯[5]，今以梗阳之贿殃之[6]，不可。”二人朝而不退。献子将食，问谁于庭，曰：“阎明、叔褒在。”召之，使佐食[7]。比已食[8]，三叹。既饱，献子问焉，曰：“人有言

---

① 选自《国语·晋语九》。 ② 梗（gěng）阳：魏氏之邑，今址不详。狱：诉讼。 ③ 魏献子：魏舒，晋正卿。 ④ 阎没：字明，晋大夫。叔宽：字褒，晋大夫。 ⑤ 吾主：指魏献子。不贿：不受贿。 ⑥ 殃：遭殃。 ⑦ 佐食：陪食。 ⑧ 比已食：到吃完时。

曰：唯食可以忘忧。吾子一食之间而三叹，何也？”同辞对曰[9]：“吾小人也，贪。馈之始至[10]，惧其不足，故叹。中食而自咎也，曰：岂主之食而有不足？是以再叹。主之既已食，愿以小人之腹，为君子之心，属餍而已[11]，是以三叹。”献子曰：“善。”乃辞梗阳人。

⑨ 同辞：异口同声。 ⑩ 馈之始至：饭菜刚端上来时。 ⑪“愿以小人之腹”三句：小人(自指)之腹，吃饱就够了，希望君子(指魏献子)之心也是这样。餍，吃饱。

(史煦光)

邮无正谏赵简子无杀尹铎[1]

【题解】

开篇写赵简子“必堕垒培”，“必杀铎也”，说得斩钉截铁，显示其盛怒难犯，后文无数波折，即由此生发。尹铎为简子家臣，非但违命不毁垒，而且增高，公然显耀简子的政敌，这是一奇。邮无正淡淡一席话，虽无耸人听闻之语，却使充满杀机的简子幡然醒悟，这又是一奇。而解救尹铎的邮无正，竟然和他怀有宿怨，这更是一奇。最奇的还是收尾句，“怨若怨焉”四字，将邮无正公私分明的态度，表现得入木三分。文章虽不足五百字，但如名将用兵，神机莫测，极尽波澜曲折之能事。

① 选自《国语·晋语九》。

赵简子使尹铎为晋阳[②]，曰："必堕其垒培[③]。吾将往焉，若见垒培，是见寅与吉射也[④]。"尹铎往而增之。简子如晋阳，见垒，怒曰："必杀铎也而后入。"大夫辞之[⑤]，不可，曰："是昭余仇也[⑥]。"

邮无正进[⑦]，曰："昔先主文子少衅于难[⑧]，从姬氏于公宫，有孝德以出在公族[⑨]，有恭德以升在位[⑩]，有武德以羞为正卿[⑪]，有温德以成其名誉，失赵氏之典刑，而去其师保，基于其身，以克复其所[⑫]。及景子长于公宫[⑬]，未及教训而嗣立矣，亦能纂修其身以受先业[⑭]，无谤于国，顺德以学子[⑮]，择言以教子，择师保以相子[⑯]。今吾子嗣位[⑰]，有文之典刑[⑱]，有景之教训[⑲]，重之以师保，加之以父兄，子皆疏之，以及此难[⑳]。夫尹铎曰：'思乐而喜，思难而惧，人之道也。委土可以为师保[㉑]，吾何为不增？'是以修之，庶曰可以鉴而鸠赵宗

---

② 赵简子：赵鞅，亦称赵孟，又名志父，晋卿。后来赵国的基业即由他奠定。尹铎：赵简子家臣。为：治理。晋阳：赵氏之邑，在今山西太原。 ③ 堕(huī)：同"隳"。毁坏。垒培：壁垒。 ④ 寅：荀寅，又称中行文子，晋国下卿。吉射：范吉射，又称范昭子，晋国大夫。鲁定公十三年(前47)，赵简子杀邯郸大夫赵午，赵午子赵稷以邯郸叛。荀寅、范吉射助其作乱，攻赵简子之宫，赵简子逃奔晋阳，晋人筑垒围攻。 ⑤ 辞：请求宽容。 ⑥ 昭余仇：表彰我仇敌以侮辱我。 ⑦ 邮无正：一作邮无恤，字子良，号伯乐。赵简子家臣，善相马。 ⑧ 文子：赵武，简子之祖，晋国执政。少衅于难：庄姬为赵朔妻、赵武母、晋景公女，与赵婴淫乱。赵婴被二兄赵同、赵括放逐。庄姬谮赵同、赵括作乱，景公族灭之。赵武年少，随庄姬养于景公宫中，才免于难。 ⑨ 出在公族：为公族大夫。 ⑩ 以升在位：指在卿位。 ⑪ 羞：进。正卿：上卿。 ⑫ "失赵氏之典刑"四句：言赵文子在宫中长大，既无父兄榜样可以效法，又无师保辅导，全靠自己努力，恢复祖业。 ⑬ 景子：赵成，赵武之子，赵简子之父。 ⑭ 纂：继承。 ⑮ 学子：教子。此"子"，即赵简子，下同。 ⑯ 相：辅助。 ⑰ 吾子：指赵简子。 ⑱ 文：赵文子。 ⑲ 景：赵景子。 ⑳ 此难：指荀寅、范吉射之难。 ㉑ 委土可以为师保：委土即垒壁。言见到垒壁就像见到师保一样，引起戒惧。

乎[22]！若罚之，是罚善也。罚善必赏恶，臣何望矣！"简子说[23]，曰："微子[24]，吾几不为人矣！"以免难之赏赏尹铎[25]。

初，伯乐与尹铎有怨，以其赏如伯乐氏[26]，曰："子免吾死，敢不归禄[27]。"辞曰："吾为主图，非为子也。怨若怨焉[28]。"

㉒ 庶：副词，表示希望。鉴：借鉴。鸠：安。㉓ 说：通"悦"。㉔ 微子：没有你（这番话）。㉕ 免难之赏：军赏。言见戒而惧，惧则有备，从而免难。㉖ 如：往。㉗ 禄：指所得的赏赐。㉘ 怨若怨焉：怨自如故。若，如。

（黄　珅）

《公羊传》 “春秋三传”之一，相传为公羊高所作。公羊高，战国齐人，或谓是子夏学生，作《春秋传》，世称《春秋公羊传》。初仅口头流传，至西汉景帝时，其后人公羊寿及齐人胡母生(子都)才写定成书。起于鲁隐公元年(前 722)，终于鲁哀公十四年(前 481)。共十一卷。它用问答体逐层剖析《春秋》经文的微言大义，是今文经学的重要经籍。有东汉何休《春秋公羊解诂》、唐徐彦《公羊传疏》和清陈立《公羊义疏》等。

宋人及楚人平①

【题解】

本文前面写子反与华元的对话，反映了战争给人民带来“易子而食，析骨而炊”的极大灾难，用笔细密，文情并茂。后面写子反与庄王的对话，突出子反在这次停战中的作用，语言诙谐生动，十分传神。文中虽然表达了《春秋》原文批评子反、华元越权的意思，但主要还是赞美子反和华元以诚相见的气度，才使这次残酷战争得以及早结束。

外平不书②，此何以书？大其平乎己也③。何大其平乎己？庄王围宋④，军有七日之粮尔，尽此不胜，将去而归尔。于是使司马子反乘

---

① 选自《十三经注疏》。 ② 外平不书：指鲁宣公十二年(前 57)楚庄王与宋襄公讲和事，《春秋》未作记载。外，鲁国以外的诸侯国。平，讲和。 ③ 大：称赞。平乎已：指子反和华元未经国君同意，自己作主讲和。 ④ 庄王：楚庄王。姓芈(mǐ)，名旅(一作吕、侣)，春秋五霸之一。

堙而闚宋城⑤，宋华元亦乘堙而出见之⑥。司马子反曰：“子之国何如？”华元曰：“惫矣⑦！”曰：“何如？”曰：“易子而食之⑧，析骸而炊之⑨。”司马子反曰：“嘻，甚矣惫！虽然，吾闻之也，围者柑马而秣之⑩，使肥者应客，是何子之情也⑪？”华元曰：“吾闻之，君子见人之厄则矜之⑫；小人见人之厄则幸之⑬。吾见子之君子也，是以告情于子也。”司马子反曰：“诺，勉之矣⑭！吾军亦有七日之粮尔。尽此不胜，将去而归尔。”揖而去之。

反于庄王⑮。庄王曰：“何如？”司马子反曰：“惫矣！”曰：“何如？”曰：“易子而食之，析骸而炊之。”庄王曰：“嘻，甚矣惫！虽然，吾今取此，然后而归尔。”司马子反曰：“不可。臣已告之矣，军有七日之粮尔。”庄王怒曰：“吾使子往视之，子曷为告之⑯？”司马子反曰：“以区区之宋，犹有不欺人之臣，可以楚而无乎？是以告之也。”庄王曰：“诺，舍而止⑰！虽然，吾犹取此然后归尔。”司马子反曰：“然则君请处于此，臣请归尔。”庄王曰：“子去我而归，吾孰与处于此？吾亦从子而归尔。”引师而去之。故君子大其平乎己也。此皆大夫也，

---

⑤ 子反：公子侧。乘：登上。堙（yīn）：为登上城墙而筑的土山。闚：通“窥”。⑥ 华元：宋国大夫。⑦ 惫（bèi）：疲惫，极度疲乏。⑧ 易子：交换子女。⑨ 析骸：拆散尸骨。⑩ 围者：被围困的人。柑：通“钳”，用东西夹住。此指使马嘴衔住木棍。秣（mò）：喂牲口。⑪ 是何子之情也：你怎么吐露真情呢？⑫ 厄（è）：困苦，灾难。⑬ 幸：幸灾乐祸。⑭ 勉之矣：尽力坚守吧！⑮ 反：通“返”。⑯ 曷：何，为何。⑰ 舍而止：住在这里不走。

其称“人”何？贬。曷为贬？平者在下也[18]。

---

⑱ 平者在下：主和的都是在下面的臣子。

（史煦光）

《穀梁传》 “春秋三传”之一，相传为穀梁赤所作。穀梁赤(赤或作喜、嘉、俶、寘)，战国鲁人，或谓子夏的学生。初仅口传，至西汉时，才写成书。起讫与《公羊传》相同，体裁也相近。共十一卷。有晋范宁《春秋穀梁传集解》、唐杨士勛《春秋穀梁传疏》和清姚鼐、钟文蒸《穀梁补注》等。

虞师晋师灭夏阳[①]

【题解】

本文通过对虢、虞相继亡国的叙述，用确切的语言，揭示了“唇亡齿寒”的道理。文中记荀息之言，分析详明，叙述生动，笔端清婉，迅快无比。下面写虞君昏愦，更显示出荀息的老谋深算。文章最后以调笑之语，为虞国可悲的结局划了句号，尤其意味深长。

非国而曰灭，重夏阳也[②]。虞无师[③]，其曰师，何也？以其先晋[④]，不可以不言师也。其先晋何也？为主乎灭夏阳也。夏阳者，虞、虢之塞邑也[⑤]。灭夏阳而虞、虢举矣[⑥]。

虞之为主乎灭夏阳，何也？晋献公欲伐虢[⑦]，荀息曰[⑧]：“君何不以

① 选自《十三经注疏》。 ② 夏阳：虢邑，《左传》作下阳，在今山西平陆北。 ③ 虞：周文王时建立的诸侯小国，姬姓，在今山西平陆北。虞无师：晋灭夏阳，虞无军队参加。 ④ 先晋：虞借道给晋，是虞比晋先有灭虢之心。 ⑤ 虢(guó)：西周初年所封的诸侯小国。姬姓。有东、西、北虢之分。本文所记为北虢，在今河南三门峡和山西平陆一带。塞(sài)邑：边界重镇。 ⑥ 举：拔，攻克。 ⑦ 晋献公：名诡诸，晋文公之父。 ⑧ 荀息：晋大夫。

屈产之乘[⑨]，垂棘之璧[⑩]，而借道乎虞也?”公曰:“此晋国之宝也。如受吾币而不借吾道[⑪]，则如之何?”荀息曰:“此小国之所以事大国也。彼不借吾道，必不敢受吾币。如受吾币而借吾道，则是我取之中府而藏之外府[⑫]，取之中厩而置之外厩也[⑬]。”公曰:“宫之奇存焉[⑭]，必不使受之也。”荀息曰:“宫之奇之为人也，达心而懦[⑮]，又少长于君[⑯]。达心则其言略，懦则不能强谏;少长于君，则君轻之。且夫玩好在耳目之前[⑰]，而患在一国之后，此中知以上乃能虑之[⑱]。臣料虞君，中知以下也。”

公遂借道而伐虢。宫之奇谏曰:“晋国之使者，其辞卑而币重，必不便于虞。”虞公弗听，遂受其币而借之道。宫之奇又谏曰:“语曰[⑲]:‘唇亡则齿寒[⑳]。’其斯之谓与!”挈其妻子以奔曹[㉑]。

献公亡虢五年[㉒]，而后举虞。荀息牵马操璧而前曰[㉓]:“璧则犹是也[㉔]，而马齿加长矣[㉕]。”

---

⑨ 屈(jú):晋国地名，在今山西吉县北，以产良马著称。乘(shèng):古代四马一辆车叫一乘，这里指马。 ⑩ 垂棘(jí):晋国地名，在今山西境内，出产美玉。璧:美玉。 ⑪ 币:本为缯帛，古代以束帛为祭祀或赠送宾客的礼物，称作币，后来称其他礼物，如玉、马、圭、璧等都作币。 ⑫ 中府:内库。外府:外库。 ⑬ 中厩(jiù):国君宫中的马舍。 ⑭ 宫之奇:虞国大夫。 ⑮ 达心:通晓事理。懦(nuò):性格软弱。 ⑯ 少长于君:从小和虞君一起长大。 ⑰ 玩好:指良马和美玉。 ⑱ 知:同“智”。 ⑲ 语:指民谚。 ⑳ 唇亡则齿寒:唇在外，齿在内，唇亡故齿寒，比喻休戚相关 ㉑ 挈(qiè):带领。曹:诸侯国名，在今山东定陶西南。 ㉒ 五年:鲁僖公五年(前655)。 ㉓ 操:拿着。前:作动词，走到献公面前。 ㉔ 犹是:还是老样子。 ㉕ 马齿加长:马每岁增生一齿。加长，增添。

（史朐光）

《论语》 一部记录孔子及其弟子言行的儒家经典，由孔子弟子和再传弟子汇辑整理，成书于战国初年。全书共二十篇，内容涉及政治、哲学、教育、文艺等许多方面，是研究孔子思想的重要资料。孔子（前551—前479），名丘，字仲尼，鲁国陬邑（今山东曲阜）人，曾任鲁国司寇，后致力著述和教育工作，为儒家创始人。现通行本有三国魏何晏注、宋邢昺疏《论语注疏》，宋朱熹《论语章句集注》和清刘宝楠《论语正义》等。

子路曾晳冉有公西华侍坐①

【题解】

本篇是孔子与其弟子论志的谈话录，借助对话和举止神态的描述，刻画了他们的不同性格特点，富有文学性，是《论语》中反映教育方式的著名篇章。子路逞能坦率、冉求审慎谦让、公西华婉转谦逊的个性，都在语言中流露出来。最具特色的是曾晳，他的动作、神态描写精采，体现了一种潇洒超脱。孔子对曾晳的肯定与赞赏，表达了他安贫乐道之志和礼乐治国而致太平世界的理想追求，形象大于思想，后世学者对此有种种揣测解释，可见其蕴含之精深。

子路、曾晳、冉有、公西华侍坐②。子曰："以吾一日长乎尔③，毋

---

① 选自《论语·先进》。 ② 子路：姓仲，名由，字子路，又称季路。比孔子小9岁。曾晳（xī）：名点，字晳，曾参的父亲，父子都是孔子学生。冉（rǎn）有：名求，字子有，比孔子小29岁。公西华：名赤，字子华，比孔子小42岁。侍坐：陪孔子坐着。 ③ 以：因。长乎：年长于。

吾以也[④]。居则曰[⑤]:'不吾知也[⑥]。'如或知尔,则何以哉[⑦]?"

子路率尔而对曰[⑧]:"千乘之国[⑨],摄乎大国之间[⑩],加之以师旅[⑪],因之以饥馑[⑫];由也为之,比及三年[⑬],可使有勇,且知方也[⑭]。"

夫子哂之[⑮]。"求,尔何如?"

对曰:"方六七十[⑯],如五六十[⑰],求也为之,比及三年,可使足民。如其礼乐[⑱],以俟君子[⑲]。"

"赤,尔何如?"

对曰:"非曰能之[⑳],愿学焉。宗庙之事[㉑],如会同[㉒],端章甫[㉓],愿为小相焉[㉔]。"

"点,尔何如?"

鼓瑟希[㉕],铿尔,舍瑟而作[㉖],对曰:"异乎三子者之撰[㉗]。"

子曰:"何伤乎[㉘]? 亦各言其志也!"

曰:"莫春者[㉙],春服既成,冠者五六人[㉚],童子六七人,浴乎

---

④ 毋:不要。以:通"已",停止。 ⑤ 居:平时。则:常常。 ⑥ 不吾知:不了解自己。 ⑦ "如或"两句:意为:如果有人了解你们,你们将怎样施展抱负呢? ⑧ 率尔:轻率,贸然。 ⑨ 乘:四匹马拉的兵车。千乘之国在当时为中等国家。 ⑩ 摄乎大国之间:夹在大国的中间。 ⑪ 加之以师旅:指邻国的军事进犯。 ⑫ 因之:继之。 ⑬ 比及:等到。 ⑭ 知方:明理知道义。 ⑮ 哂(shěn):微笑。 ⑯ 方:方圆。 ⑰ 如:或者。 ⑱ 如其礼乐:至于那礼乐教化。 ⑲ 俟:等待。 ⑳ 非曰能之:我不敢说自己能做到。 ㉑ 宗庙之事:指诸侯祭祀祖先的事。 ㉒ 会同:此指诸侯列国会盟。 ㉓ 端章甫:穿戴着礼服、礼帽。 ㉔ 小相:傧相,赞礼或司仪之官。 ㉕ 鼓瑟:弹瑟。希:稀疏。指弹瑟已近尾声。 ㉖ 作:站起。 ㉗ 撰:陈述。 ㉘ 何伤乎:有什么关系呢? ㉙ 莫春:夏历三月。莫:同"暮"。 ㉚ 冠者:成年人。古时男子以20岁为成年,行冠礼。

沂[31]，风乎舞雩[32]，咏而归。”

夫子喟然叹曰：“吾与点也[33]！”

三子者出，曾皙后[34]。曾皙曰：“夫三子者之言何如？”

子曰：“亦各言其志也已矣[35]！”

曰：“夫子何哂由也？”

曰：“为国以礼[36]，其言不让[37]，是故哂之。”

“唯求则非邦也与[38]？”

“安见方六七十、如五六十而非邦也者？”

“唯赤则非邦也与？”

“宗庙会同，非诸侯而何？赤也为之小，孰能为之大[39]！”

㉛ 沂：水名，发源于山东曲阜，流经江苏北部入海。 ㉜ 风乎舞雩（yú）：在舞雩台上吹风乘凉。舞雩，地名，在今山东曲阜，是古代鲁国祭天求雨的祭坛所在地，坛高三丈。 ㉝ 与：赞许，同意。 ㉞ 曾皙后：曾皙后走。 ㉟ 也已矣：语助词，相当于“也罢了”。 ㊱ 为国以礼：治理国家要讲礼。 ㊲ 让：礼让，谦虚。 ㊳ “唯求”句：像冉求所讲的就不是国家大事吗？唯，若，像。 ㊴ “赤也”两句：意为公西华说自已愿做小相，那谁还能做大相呢？

（史煦光）

季氏将伐颛臾[①]

【题解】

春秋末年，诸侯公室日衰，掌朝政的卿大夫之争也日趋激烈。鲁大夫季孙、孟孙、叔孙曾“三分公室”。而后季孙氏权势日益增大。鲁哀公时，季康子为扩大势力，急欲吞并颛臾，从而谋求夺取鲁国政权。季康子的家臣冉求和子路，把情况通报孔子，孔子即反对季氏伐颛臾，同时对冉求、子路进行批评教育。全文语言风格委婉含蓄，有浓厚的论辩色彩。

季氏将伐颛臾[②]。冉有、季路见于孔子曰[③]：“季氏将有事于颛臾[④]。”

孔子曰：“求，无乃尔是过与[⑤]？夫颛臾，昔者先王以为东蒙主[⑥]，且在邦域之中矣[⑦]，是社稷之臣也[⑧]，何以伐为[⑨]？”

冉有曰：“夫子欲之[⑩]，吾二臣者皆不欲也。”

---

① 选自《论语·季氏》。 ② 季氏：春秋时鲁国的季孙氏，也为大夫。此指季康子，名肥，专擅国政，权势极重。颛臾(zhuān yú)：小国名，故城在今山东平邑。相传为伏羲氏之后，风姓，为鲁之属国。 ③ 冉有、季路：皆孔子弟子。季路即子路。姓仲名由。当时二人都是季氏家臣。见：拜见。 ④ 有事：发动战事。 ⑤ 无乃尔是过与：恐怕是你们的过错吧？与，同“欤”。 ⑥ “昔者”句：过去周之先王封颛臾为东蒙山的主祭者。东蒙，即蒙山，在山东蒙阴南。 ⑦ 在邦域之中：在鲁国境内。 ⑧ 是社稷之臣：颛臾是鲁国的臣子。 ⑨ 何以伐为(wéi)：攻伐它干什么？ ⑩ 夫子欲之：指季康子要这样做。

孔子曰："求，周任有言曰⑪：'陈力就列，不能者止⑫。'危而不持，颠而不扶，则将焉用彼相矣⑬？且尔言过矣⑭，虎兕出于柙⑮，龟玉毁于椟中⑯，是谁之过与？"

冉有曰："今夫颛臾，固而近于费⑰。今不取，后世必为子孙忧。"

孔子曰："求！君子疾夫舍曰'欲之'而必为之辞⑱。丘也闻有国有家者⑲，不患寡而患不均，不患贫而患不安⑳。盖均无贫㉑，和无寡㉒，安无倾㉓。夫如是，故远人不服㉔，则修文德以来之㉕；既来之，则安之㉖。今由与求也，相夫子，远人不服而不能来也，邦分崩离析而不能守也㉗，而谋动干戈于邦内。吾恐季孙之忧，不在颛臾，而在萧墙之内也㉘！"

---

⑪ 周任：古代良史。 ⑫"陈力"句：既为家臣，就应当尽力辅佐主上；若完不成职责，就该辞位。陈力：施展能力。就列：在职位上。止：退职。 ⑬"危而不持"三句：（盲人）遇到危险，不去护持他；盲人跌倒了，不去扶起他，那还要助手干什么？相（xiàng），搀引盲人行路的助手。 ⑭ 过矣：错了。 ⑮ 兕（sì）：犀牛。柙（xiá）：关猛兽的笼子。 ⑯ 龟：占卜用的龟壳。椟（dú）：存放龟、玉的匣子。 ⑰ 费：为季氏私邑，在今山东费县北。 ⑱"君子疾夫"句：有修养的人最厌恶那种口是心非的态度：心中所想的，却避而不谈，还另找许多言辞，为自己的欲望辩护。 ⑲ 有国有家者：有封地的诸侯，有采邑的卿大夫。 ⑳"不患"两句：应为"不患贫而患不均，不患寡而患不安"（参见《春秋繁露·制度》《魏书·张普惠传》所引《论语》）。意为不担心百姓财用不足，而担心贫富悬殊；不担心人口稀少，而担心上下不能相安。 ㉑ 均无贫：财富分配均匀，就无贫困。 ㉒ 和无寡：人民悦服和睦，就不会有人口减少的现象。 ㉓ 安无倾：国家安定，就无倾覆的危险。 ㉔ 远人：指国境外之人。 ㉕"修文德"句：加强国内文教和德化，使远方的人来归服。 ㉖ 既来之，则安之：既来归附，则应使其安居乐业。 ㉗ 邦：指鲁国。 ㉘ 萧墙之内：宫廷之内，隐指鲁哀公。萧墙，国君宫廷当门的小墙，或称屏。

（史朐光）

《战国策》 战国时游说之士的策谋和言论的汇编，作者不详。原有《国策》《国事》《事语》《短长》《长书》《修书》等名，经过汉代刘向校理编订成书，改定今名。体例略同《国语》。全书包括东周、西周、秦、齐、楚、赵、魏、韩、燕、宋、卫、中山十二国国策，总共三十三篇。东汉高诱作注。北宋曾巩校补。南宋姚宏续注，鲍彪新注，元吴师道补正。

邹忌谏齐威王[①]

【题解】

邹忌与徐公比美，引出三问三答，通过自省自视，悟出因“私我”“畏我”“有求于我”而蔽我的道理，并以小喻大，由家及国，由己及君，规劝齐王纳谏。其文简峭，其意深远。千古臣谄君蔽，竟从身边小事说破，既引人入胜，又发人深省。

邹忌修八尺有余[②]，身体昳丽[③]。朝服衣冠，窥镜[④]，谓其妻曰：“我孰与城北徐公美[⑤]？”其妻曰：“君美甚，徐公何能及君也！”城北徐公，齐国之美丽者也。忌不自信，而复问其妾曰：“吾孰与徐公美？”妾曰：“徐公何能及君也！”旦日[⑥]，客从外来，与坐谈，问之客曰：“吾与徐公孰美？”客曰：“徐公不若君之美也！”

---

① 选自《战国策·齐策一》。 ② 邹忌：齐国人，以鼓琴事游说齐威王，被任为相国。修：长，身高。周制一尺约合今七寸。 ③ 昳（yì）丽：光艳美丽。 ④ 窥镜：偷偷照镜。 ⑤“孰与”句：“我与徐公孰美。” ⑥ 旦日：明天。

明日，徐公来。孰视之[7]，自以为不如；窥镜而自视，又弗如远甚。暮寝而思之，曰："吾妻之美我者，私我也[8]；妾之美我者，畏我也；客之美我者，欲有求于我也。"

于是入朝见威王曰[9]："臣诚知不如徐公美，臣之妻私臣，臣之妾畏臣，臣之客欲有求于臣，皆以美于徐公[10]。今齐地方千里，百二十城，宫妇左右，莫不私王；朝廷之臣，莫不畏王；四境之内，莫不有求于王。由此观之，王之蔽甚矣[11]！"王曰："善。"乃下令："群臣吏民，能面刺寡人之过者[12]，受上赏；书谏寡人者，受中赏；能谤议于市朝[13]，闻寡人之耳者，受下赏。"

令初下，群臣进谏，门庭若市。数月之后，时时而间进[14]。期年之后[15]，虽欲言，无可进者。燕、赵、韩、魏闻之，皆朝于齐。此所谓战胜于朝廷[16]。

---

⑦ 孰视：仔细端详。孰，通"熟"。 ⑧ 私：偏爱。 ⑨ 威王：指齐威王，田氏，名婴齐，亦作因齐。在位期间，改革政治，国力渐强。 ⑩ 以：以为。 ⑪ 蔽：蒙蔽。 ⑫ 面刺：当面提出批评。 ⑬ 谤议：批评议论。市朝：公共场合。 ⑭ 时时而间进：隔一段时间偶有进谏。⑮ 期年：一年。 ⑯ 战胜于朝廷：意即内政修明，不用军事行动就能使敌国畏服。

（童雅君）

颜斶说齐宣王[①]

【题解】

本文阐述“士贵耳,王者不贵”的道理,与孟子“君轻民重”说相辉映。开篇写齐王骄倨,颜斶高傲,以一声不同凡响的回答:“王前!”显示其倔强的个性。君贵乎?民贵乎?通篇以问答形式展开,颜斶应对沉着,旁征博引,慷慨陈词,义正辞严,终于使齐王幡然悔悟。文章结尾又颇具喜剧性,齐王欲以高官厚禄笼络,颜斶却不屑一顾,再拜而辞归,他的高洁、超俗的形象由此而更臻完美,也更突出了“士贵”的主题。在干谒成风的战国时代,颜斶洁身自好,不苟求富贵,可谓出淤泥而不染。

齐宣王见颜斶[②],曰:“斶前[③]!”斶亦曰:“王前!”宣王不悦。左右曰:“王,人君也。斶,人臣也。王曰‘斶前’,亦曰‘王前’,可乎?”斶对曰:“夫斶前为慕势,王前为趋士[④]。与使斶为趋势,不如使王为趋士。”王忿然作色曰[⑤]:“王者贵乎?士贵乎?”对曰:“士贵耳,王者不贵。”王曰:“有说乎?”斶曰:“有。昔者秦攻齐,令曰:‘有敢去柳下季垄五十步而樵采者[⑥],死不赦。’令曰:‘有能得齐王头者,封万

---

① 选自《战国策·齐策四》。 ② 齐宣王:齐成王之子。田氏,名辟疆。颜斶(chù):齐国隐士。 ③ 前:到跟前来。 ④ 趋士:此为礼贤下士之意。 ⑤ 作色:变了脸色。 ⑥ 柳下季:柳下惠,鲁国贤大夫,姓展,名禽,字季,封地在柳下,死后谥号惠。垄:坟墓。樵采:砍柴。

户侯，赐金千镒[⑦]。’由是观之，生王之头，曾不若死士之垄也。”宣王默然不悦。

左右皆曰：“斶来，斶来！大王据千乘之地[⑧]，而建千石钟[⑨]，万石簴[⑩]。天下之士，仁义皆来役处[⑪]；辩知并进[⑫]，莫不来语；东西南北，莫敢不服。求万物不备具[⑬]，而百姓无不亲附。今夫士之高者，乃称匹夫，徒步而处农亩；下则鄙野[⑭]、监门[⑮]、闾里[⑯]，士之贱也，亦甚矣！”

斶对曰：“不然。斶闻古大禹之时，诸侯万国[⑰]。何则？德厚之道，得贵士之力也[⑱]。故舜起农亩，出于野鄙，而为天子。及汤之时，诸侯三千。当今之世，南面称寡者，乃二十四。由此观之，非得失之策与[⑲]？稍稍诛灭[⑳]，灭亡无族之时，欲为监门、闾里，安可得而有乎哉？是故《易传》不云乎[㉑]：‘居上位，未得其实，以喜其为名者，必以骄奢为行。据慢骄奢[㉒]，则凶从之。是故无其实而喜其名者削[㉓]，无德而望其福者约[㉔]，无功而受其禄者辱[㉕]，祸必握[㉖]。’故曰：‘矜功

⑦ 镒(yì)：重量单位，二十两或二十四两为一镒。 ⑧ 千乘(shèng)：疑为“万乘”之误。 ⑨ 石(dàn)：重量单位，一百二十斤。钟：古乐器。 ⑩ 簴(jù)：悬挂钟磬的木架。 ⑪“天下”两句当为：“天下仁义之士，皆来役处。”役，为齐王服务。处，居于受齐王封赐的地位。 ⑫ 辩知：善辩的智者。知，同“智”。 ⑬ 不备具：当为“无不备具”。 ⑭ 下：下等之士。鄙：边远之地。 ⑮ 监门：守门的役卒。 ⑯ 闾里：管闾里的下层小官吏。古代每二十五家为“一闾”或“一里”。 ⑰ 诸侯万国：形容诸侯国之多。 ⑱“德厚之道”两句：仁义之能施行，皆由于贵士之故。 ⑲ 非得失之策与：(国之兴亡)难道不是因为或行得士或行失士的政策的缘故么？与，同“欤”。 ⑳ 稍稍：渐渐。 ㉑《易传》：对《易》经文的解释。 ㉒ 据：同“倨”，傲慢。 ㉓ 削：土地削减。 ㉔ 约：窘迫。 ㉕ 辱：羞辱。 ㉖ 握：同“渥”，厚，多。

不立，虚愿不至[27]。'此皆幸乐其名，华而无其实德者也。是以尧有九佐[28]，舜有七友[29]，禹有五丞[30]，汤有三辅[31]，自古及今而能虚成名于天下者，无有。是以君王无羞亟问[32]，不愧下学[33]；是故成其道德而扬功名于后世者，尧、舜、禹、汤、周文王是也。故曰：'无形者，形之君也[34]。无端者，事之本也[35]。'夫上见其原，下通其流，至圣人明学，何不吉之有哉！老子曰：'虽贵，必以贱为本；虽高，必以下为基。是以侯王称孤寡不穀[36]，是其贱之本与？'非夫孤寡者，人之困贱下位也，而侯王以自谓，岂非下人而尊贵士与[37]？夫尧传舜，舜传禹，周成王任周公旦，而世世称曰明主，是以明乎士之贵也。"

宣王曰："嗟乎！君子焉可侮哉，寡人自取病耳[38]！及今闻君子之言，乃今闻细人之行[39]，愿请受为弟子。且颜先生与寡人游[40]，食必太牢[41]，出必乘车，妻子衣服丽都。"

颜斶辞去曰："夫玉生于山，制则破焉，非弗宝贵矣，然夫璞不完[42]。士生乎鄙野，推选则禄焉[43]，非不得尊遂也[44]，然而形神不全。

㉗"矜功"两句：自吹自擂不能建立功业，不去务实争取的愿望不会实现。㉘九佐：传说中尧的九位辅佐大臣，舜为司徒，契为司马，禹为司空，后稷为田畴，夔为乐正，倕为工师，伯夷为宗秩，皋陶为大理，益掌驱禽。㉙七友：指雄陶、方回、续牙、伯阳、东不訾、秦不虚、灵甫。㉚五丞：指益、稷、皋陶、倕、契。㉛三辅：指谊伯、仲伯、咎单。㉜亟(qì)问：屡次求教于人。㉝下学：向下求教。㉞"无形者"两句：道家认为，无形为有形之主，即万物始于无。君：主宰。㉟"无端"两句：意为事物的本源没有起端。㊱不穀：不善。古代诸侯自称的谦词。㊲下人：自居人下。㊳病：羞辱。㊴细人之行：不知贵士，是小人的行为。㊵游：交往。㊶太牢：祭祀和宴会时以一牛、一羊、一豕三牲全备者叫太牢。㊷璞不完：自然完美的本质受损害。㊸则禄：得到禄位。㊹尊遂：尊贵显达。

斶愿得归，晚食以当肉⑮，安步以当车⑯，无罪以当贵，清静贞正以自虞⑰。制言者王也⑱，尽忠直言者斶也。言要道已备矣，愿得赐归，安行而反臣之邑屋。”则再拜而辞去也。

曰⑲：斶知足矣，归真反璞⑳，则终身不辱也。

---

⑮ 晚食以当肉：晚些吃饭，待饥饿后方食，虽粗食也甘美如肉食。 ⑯ 安步以当车：把安闲行步看成像乘车一样。 ⑰ 虞：同“娱”。 ⑱ 制言：发号施令。 ⑲ 曰：论，赞。 ⑳ 归真反璞：还其本来面目。

（童雅君）

赵威后问齐使①

【题解】

赵威后见齐使，不阅来信却连发三问：先问岁，再问民，后问王，令人有陨石自空而落之感。进而驳斥齐使“先贱而后尊贵”的观点，指出无岁则无民，无民则无君，阐明了她以民为本的进步思想。文章之奇，全在发问声气之中。通篇七次发问，前三问似急管繁弦，锋芒毕露；后四问，自问自答，语气委婉，摇曳多姿，说理充分，把赵威后的个性和思想，酣畅淋漓地表现出来。

---

① 选自《战国策·齐策四》。

齐王使使者问赵威后[2]。书未发,威后问使者曰:"岁亦无恙耶[3]? 民亦无恙耶? 王亦无恙耶?"使者不说[4],曰:"臣奉使使威后[5],今不问王,而先问岁与民,岂先贱而后尊贵者乎?"威后曰:"不然。苟无岁,何以有民? 苟无民,何以有君? 故有舍本而问末者耶[6]?"

乃进而问之曰:"齐有处士曰钟离子[7],无恙耶? 是其为人也,有粮者亦食,无粮者亦食[8];有衣者亦衣,无衣者亦衣[9]。是助王养其民也,何以至今不业也[10]? 叶阳子无恙乎[11]? 是其为人,哀鳏寡[12],恤孤独,振困穷[13],补不足。是助王息其民者也[14],何以至今不业也? 北宫之女婴儿子无恙耶[15]? 彻其环瑱[16],至老不嫁,以养父母。是皆率民而出于孝情者也[17],胡为至今不朝也[18]? 此二士弗业,一女不朝,何以王齐国[19]、子万民乎[20]? 於陵子仲尚存乎[21]? 是其为人也,上不臣于王,下不治其家,中不索交诸侯[22]。此率民而出于无用者,何为至今不杀乎?"

---

② 齐王:齐襄王,名法章。问:问候。赵威后:赵惠文王后。惠文王死,太子丹立,号孝成王。因年幼,由威后执政。 ③ 岁:一年中农作物的收成。无恙:无灾害,无忧。 ④ 说:通"悦"。 ⑤ 奉使使:前一个"使"是名词,指使命;后一个使是动词,即出使。 ⑥ "故有"句:难道有不问根本先问细枝末节的人么? ⑦ 处士:有才德而隐居不仕的人。钟离子:钟离是复姓。 ⑧ 食(sì):给人食物。 ⑨ 衣(yì):给人衣服。 ⑩ 不业:不使他做官建功立业。 ⑪ 叶(shè)阳子:叶阳是复姓。 ⑫ 鳏(guān):年老无妻的人。 ⑬ 振:同"赈",救济。 ⑭ 息:繁育。 ⑮ 北宫:复姓。婴儿子是其名。齐国著名的孝女。 ⑯ 彻:通"撤",除去。环:耳环或腕环。瑱(tiàn):一种玉制的耳饰。 ⑰ 是皆率民而出于孝情者也:这是带动人民行孝的人。 ⑱ 不朝:古时妇女没有封号不能上朝。此句意为为何不封北宫婴儿子为命妇,使她上朝。 ⑲ 王(wàng):君临,统治。 ⑳ 子万民:像对待子女一样爱养百姓。 ㉑ 於(wū)陵:齐邑名,在今山东邹平东南。子仲:齐人,一说为楚人。 ㉒ 索交:求交。

(童雅君)

庄辛说楚襄王[①]

【题解】

楚顷襄王宠信小人，耽于逸乐，拒谏饰非，不顾国政，结果兵败地削，决非贤良之君，和他谈常理，实难收效。但他在流亡之中，想起庄辛，似乎又有悔过之意。庄辛有见于此，故从蜻蛉说起，层层设喻，渐渐逼近，由小而大，从物及人，最后直指楚王，语警旨危，令人毛骨俱竦，终于使楚王醒悟，亡羊补牢，改弦更张。文章语言夸张，词句秀丽，铺陈排比，生动形象，引譬设喻，连类不穷，对后来辞赋（特别是六朝小赋），在形式上有很大影响。

庄辛谓楚襄王曰[②]："君王左州侯，右夏侯，辇从鄢陵君与寿陵君[③]，专淫逸侈靡[④]，不顾国政，郢都必危矣[⑤]。"襄王曰："先生老悖乎[⑥]？将以为楚国袄祥乎[⑦]？"庄辛曰："臣诚见其必然者也，非敢以为国袄祥也。君王卒幸四子者不衰[⑧]，楚国必亡矣。臣请辟于赵[⑨]，淹留以观之[⑩]。"

---

① 选自《战国策·楚策四》。 ② 庄辛：楚庄王的后代，故以庄为姓。楚襄王：即楚顷襄王，怀王子，名横。 ③ 州侯、夏侯、鄢陵君、寿陵君：皆为楚襄王宠臣。四人均以封号称，姓名不详。 ④ 淫逸侈靡：行为放荡，生活奢侈。 ⑤ 郢：楚国国都，在今湖北江陵。 ⑥ 悖(bèi)：昏乱。 ⑦ 袄祥：妖孽。袄，通"妖"。 ⑧ 卒幸：始终宠爱。 ⑨ 辟：通"避"。 ⑩ 淹留：久留。

庄辛去，之赵，留五月，秦果举鄢、郢、巫、上蔡、陈之地[11]，襄王流揜于城阳[12]。于是使人发驺[13]，征庄辛于赵。庄辛曰："诺。"庄辛至，襄王曰："寡人不能用先生之言，今事至于此，为之奈何？"

庄辛对曰："臣闻鄙语曰[14]：'见兔而顾犬[15]，未为晚也；亡羊而补牢[16]，未为迟也。'臣闻昔汤、武以百里昌[17]，桀、纣以天下亡。今楚国虽小，绝长续短[18]，犹以数千里，岂特百里哉？

"王独不见夫蜻蛉乎[19]？六足四翼，飞翔乎天地之间，俯啄蚊虻而食之，仰承甘露而饮之，自以为无患，与人无争也。不知夫五尺童子，方将调饴胶丝[20]，加己乎四仞之上[21]，而下为蝼蚁食也。

"蜻蛉其小者也，黄雀因是以[22]。俯噣白粒[23]，仰栖茂树，鼓翅奋翼，自以为无患，与人无争也。不知夫公子王孙，左挟弹[24]，右摄丸[25]，将加己乎十仞之上，以其类为招[26]。昼游乎茂树，夕调乎酸咸[27]，倏忽之间，坠于公子之手。

---

⑪ 举：攻下。鄢：在今湖北宜城，为楚国别都。巫：今四川巫山。上蔡：今河南上蔡。陈：今河南淮阳。 ⑫ 流：流亡。揜（yǎn）：遮蔽，这里指藏匿。城阳：成阳，在今河南息县。 ⑬ 发：派遣。驺（zōu）：侍从车驾的骑士。 ⑭ 鄙语：俗话。 ⑮ 见兔而顾犬：意为猎人看到兔子后，再放犬去捕捉，为时还不算晚。 ⑯ 亡羊而补牢：丢失羊后，即去修补羊圈，也还不算迟。 ⑰ 以：凭借。 ⑱ 绝长续短：犹截长补短。意为把楚国所有土地拼凑起来进行计算。 ⑲ 独：难道。蜻蛉（líng）：蜻蜓。 ⑳ 调饴胶丝：调好饴糖，粘在丝上。 ㉑ 加己：加害于己。仞：周制一仞为八尺。 ㉒ 因：犹，如同。是：这样。以：同"已"，句末语气助词。 ㉓ 白粒：米粒。 ㉔ 弹：弹弓。 ㉕ 丸：弹丸。 ㉖ 以其类为招：类（類）当为"颈"（頸）字之误。招：靶子，目的物。一说以黄雀的同类作为射击的目标。 ㉗ 调乎酸咸：指加上酸盐等作料，烹成菜肴。

“夫黄雀其小者也，黄鹄因是以㉘。游于江海，淹乎大沼㉙，俯噣鳝鲤，仰啮蔆衡，奋其六翮，而凌清风，飘摇乎高翔，自以为无患，与人无争也。不知夫射者，方将修其碆卢㉚，治其缯缴㉛，将加己乎百仞之上。彼？磻磻㉜，引微缴㉝，折清风而抎矣㉞。故昼游乎江河，夕调乎鼎鼐㉟。

“夫黄鹄其小者也，蔡灵侯之事因是以㊱。南游乎高陂㊲，北陵乎巫山㊳，饮茹溪之流㊴，食湘波之鱼㊵，左抱幼妾，右拥嬖女，与之驰骋乎高蔡之中㊶，而不以国家为事。不知夫子发方受命乎灵王㊷，系己以朱丝而见之也㊸。

“蔡灵侯之事其小者也，君王之事因是以。左州侯，右夏侯，辇从鄢陵君与寿陵君，饭封禄之粟㊹，而载方府之金㊺，与之驰骋乎云梦之中㊻，而不以天下国家为事。不知夫穰侯方受命乎秦王㊼，填黾塞之内㊽，而投己乎黾塞之外㊾。”

㉘ 黄鹄(hú)：天鹅。 ㉙ 淹：滞留。这里指休息。 ㉚ 碆(bō)：石制箭头。卢：黑色的弓。 ㉛ 缯(zēng)：通“矰”，一种系有丝绳的短箭。缴(zhuó)：系箭的丝绳。 ㉜ 磻磻(jiān bō)：锐利的石箭头。磻，同“碆”。 ㉝ 引微缴：拖着细丝绳。 ㉞ 折：断。抎：同“陨”，坠落。 ㉟ 鼎：古代煮食物的器具。鼐(nài)：大鼎。 ㊱ 蔡灵侯：蔡景侯之子，名般，弑父自立。鲁昭公十一年(前531)，被楚灵王诱杀于申。 ㊲ 陂(bēi)：山坡。 ㊳ 陵：登。巫山：在今重庆巫山县东。 ㊴ 茹溪：水名，在巫山县北。 ㊵ 湘波：指湘水，在今湖南，流入洞庭湖。 ㊶ 高蔡：疑即上蔡，今属河南。 ㊷ 子发：楚国令尹，名舍。 ㊸ 己：指蔡灵侯。之：指楚灵王。 ㊹ 饭封禄之粟：吃的是从封邑里进奉来的谷物。 ㊺ 方府之金：四方所贡纳入国库的金银。 ㊻ 云梦：云梦泽，在今湖北中部，跨长江两岸。 ㊼ 穰侯：秦相魏冉，秦昭王的舅舅，封于穰(今河南邓县)。 ㊽ 填：充满。指布满秦兵。黾(méng)塞：楚国险隘重镇，即今河南信阳西南平靖关。 ㊾ 外：楚襄王逃往的城阳，在黾塞之北，故称“外”。

襄王闻之，颜色变作，身体战栗。于是乃以执珪而授之为阳陵君[50]，与淮北之地也[51]。

---

[50] 珪：同“圭”，古玉器，上圆下方，为帝王诸侯所执。阳陵君：庄辛的封号。 [51] 与：疑下脱“举”字。举：收复，攻下。刘向《新序·杂事》篇：“乃封庄辛为成陵君，而用计矣，与举淮北之地十二诸侯。”

（童雅君）

鲁仲连义不帝秦[1]

【题解】

战国策士，大多贪饕无耻，逞舌辩而苟求富贵利禄。相比之下，鲁仲连虽亦能言善辩，却坦荡不羁，迥出流俗，实难能可贵。本文写鲁仲连与辛垣衍的辩论，明以大义，晓以利害，驳斥了帝秦说，淋漓酣畅，气势逼人。最终使辛垣衍听后如醍醐灌顶，迷途知返。本文不仅语言机辩犀利，更重视人物形象的塑造。它通过在应否“帝秦”一事上展开的矛盾冲突，把一个正气凛然、为人排难解纷而又不慕荣华的侠士形象，刻画得跃然纸上。鲁仲连的形象，既不同于苏秦、张仪“朝秦暮楚”，也不同于颜斶孤峭傲岸。难怪李白对他钦慕备至，有“齐有倜傥生，鲁连特高妙，明月出海底，一朝开光耀，却秦振英声，后世仰末照”那样的颂歌。

---

① 选自《战国策·赵策三》。

秦围赵之邯郸[②]，魏安釐王使将军晋鄙救赵[③]。畏秦，止于荡阴[④]，不进。魏王使客将军辛垣衍间入邯郸[⑤]，因平原君谓赵王曰[⑥]："秦所以急围赵者，前与齐湣王争强为帝，已而复归帝，以齐故[⑦]。今齐湣王已益弱[⑧]，方今唯秦雄天下，此非必贪邯郸，其意欲求为帝。赵诚发使尊秦昭王为帝[⑨]，秦必喜，罢兵去。"平原君犹豫未有所决。

此时鲁仲连适游赵[⑩]，会秦围赵。闻魏将欲令赵尊秦为帝，乃见平原君曰："事将奈何矣？"平原君曰："胜也何敢言事？百万之众折于外[⑪]，今又内围邯郸而不能去。魏王使将军辛垣衍令赵帝秦。今其人在是[⑫]，胜也何敢言事？"鲁连曰："始吾以君为天下之贤公子也，吾乃今然后知君非天下之贤公子也。梁客辛垣衍安在[⑬]？吾请

---

② 邯郸：赵国国都，在今河北邯郸。 ③ 安釐(xī)王：名圉。公元前 276—前 243 年在位。釐，通"僖"。晋鄙：魏大将。 ④ 荡阴：赵、魏两国的交界处，在今河南汤阴。 ⑤ 客将军：别国人在此做将军，称客将军。辛垣衍：《史记》作"新垣衍"。间入：伺机偷偷进入。⑥ 因：通过。平原君(？—前 251)：赵胜，赵惠文王弟，任赵相。战国四公子之一。赵王：赵孝成王，名丹。公元前 265—前 245 年在位。 ⑦ "前与齐湣王"三句：齐湣王(？—前 284)，又作齐闵王、齐愍王。田氏，名地(一作遂)。公元前 300—前 284 年在位。周赧王二十七年(前 288)，齐湣王与秦昭王相约同时称帝，一称东帝，一称西帝。后苏代劝齐湣王废去帝号，昭王也只得除去帝号。 ⑧ 今齐湣王益弱：当时齐湣王已死去二十七年，"湣王"二字系衍文。元吴思道解此句为："今之齐，视湣王已益弱。" ⑨ 秦昭王(前 324—前 251)：秦昭襄王。名稷(一作侧)，公元前 306—前 251 年在位。秦统一六国的基础，即在他在位时奠定。⑩ 鲁仲连：齐国高士，常周游各国，排难解纷。 ⑪ "百万"句：赵孝成王六年(前 260)，秦将白起在长平(今山西高平)大破赵军，坑杀赵俘虏四十多万人。 ⑫ 是：此，这里。 ⑬ 梁：魏惠王九年(前 361)，魏国迁都大梁(今河南开封)，故魏也称梁。

为君责而归之。”平原君曰：“胜请召而见之于先生。”平原君遂见辛垣衍曰：“东国有鲁连先生⑭，其人在此，胜请为绍介而见之于将军⑮。”辛垣衍曰：“吾闻鲁连先生，齐国之高士也。衍，人臣也，使事有职⑯，吾不愿见鲁连先生也。”平原君曰：“胜已泄之矣。”辛垣衍许诺。

鲁连见辛垣衍而无言。辛垣衍曰：“吾视居此围城之中者，皆有求于平原君者也。今吾视先生之玉貌，非有求于平原君者，曷为久居此围城之中而不去也⑰？”鲁连曰：“世以鲍焦无从容而死者，皆非也。今众人不知，则为一身⑱。彼秦者，弃礼义而上首功之国也⑲。权使其士⑳，虏使其民㉑。彼则肆然而为帝㉒，过而遂正于天下㉓，则连有赴东海而死矣。吾不忍为之民也！所为见将军者㉔，欲以助赵也。”辛垣衍曰：“先生助之奈何！”鲁连曰：“吾将使梁及燕助之。齐、楚则固助之矣。”辛垣衍曰：“燕则吾请以从矣。若乃梁，则吾乃梁人也，先生恶能使梁助之耶？”鲁连曰：“梁未睹秦称帝之害故也，使梁睹秦称帝之害，则必助赵矣。”辛垣衍曰：“秦称帝之害将奈何？”鲁仲连曰：“昔齐威王尝为仁义矣㉕，率天下诸侯而朝周。周贫

---

⑭ 东国：指齐国。齐国在赵国东面。 ⑮ 绍介：介绍。 ⑯ 使事有职：出使办事，有明确的职责。 ⑰ 曷为：为何。 ⑱ “世以鲍焦”四句：鲍焦，春秋隐士，不愿出仕，以打柴、采橡实为生。子贡责备他，既然对周朝不满，就不该生活在周朝土地上，他就抱着树饿死。事见《庄子·盗跖》。此四句意为：世人认为鲍焦气量狭小而死，这是不对的。今人不明他的死是出于对社会的不满，只是为自身着想。 ⑲ 上首功：指秦国以斩敌首级多少来论功行赏。上，通“尚”。 ⑳ 权：权术。 ㉑ 虏：奴仆。 ㉒ 则：如果。肆然：毫无顾忌地。 ㉓ 过而遂正于天下：甚而就此统治天下。正，通“政”，统治。 ㉔ 所为：所以要。 ㉕ 齐威王（？—前320）：田氏，名因齐，一作婴齐。公元前356—前320年在位。

且微，诸侯莫朝，而齐独朝之。居岁余，周烈王崩[26]，诸侯皆吊，齐后往。周怒，赴于齐曰[27]：'天崩地坼[28]，天子下席[29]。东藩之臣田婴齐后至，则斮之[30]。'威王勃然怒曰：'叱嗟，而母婢也[31]。'卒为天下笑。故生则朝周，死则叱之，诚不忍其求也[32]。彼天子固然[33]，其无足怪。"辛垣衍曰："先生独未见夫仆乎？十人而从一人者，宁力不胜、智不若耶？畏之也。"鲁仲连曰："然梁之比于秦若仆耶？"辛垣衍曰："然。"鲁仲连曰："然则吾将使秦王烹醢梁王[34]。"辛垣衍怏然不悦曰[35]："嘻，亦太甚矣，先生之言也！先生又恶能使秦王烹醢梁王？"

鲁仲连曰："固也[36]，待吾言之。昔者，鬼侯、鄂侯、文王，纣之三公也[37]。鬼侯有子而好[38]，故入之于纣，纣以为恶，醢鬼侯。鄂侯争之急，辨之疾[39]，故脯鄂侯[40]。文王闻之，喟然而叹，故拘之于牖里之库[41]，百日而欲舍之死[42]。曷为与人俱称帝王，卒就脯醢之地也？齐闵王将之鲁[43]，夷维子执策而从[44]，谓鲁人曰：'子将何以待吾君？'鲁

㉖ 周烈王：姬姓，名喜。公元前375—前369年在位。 ㉗ 赴：通"讣"，报丧。 ㉘ 天崩地坼：指周烈王死。 ㉙ 天子下席：指继位的周显王离开宫室，睡在草席之上守丧。 ㉚ 斮(zhuó)：斩杀。 ㉛ 而母婢也：你娘是个贱婢。而，通"尔"，你，此指周王。 ㉜ 求：苛求。 ㉝ 固然：本来就是这样。 ㉞ 烹：下油锅。醢(hǎi)：剁成肉酱。 ㉟ 怏(yàng)：不满意，不乐意。 ㊱ 固也：当然可以。 ㊲ 鬼侯、鄂侯、文王：商纣王所分封的三个诸侯。 ㊳ 子：此指女儿。好：貌美。 ㊴ 辨：通"辩"。疾：激烈。 ㊵ 脯：肉干。此指把鄂侯尸体做成肉干。 ㊶ 牖(yǒu)里：又作"羑里"，在今河南汤阴北。库：监狱。 ㊷ 舍之死：置文王于死地。舍，或作"令"。 ㊸ 齐闵王将之鲁：齐闵王十七年(前284)，燕兵攻破齐都，齐闵王出走，先后至鲁、卫等国。 ㊹ 夷维子：齐人，以邑为姓。夷维，在今山东高密。策：马鞭。

人曰：'吾将以十太牢待子之君[45]。'维子曰：'子安取礼而来待吾君[46]？彼吾君者，天子也。天子巡狩[47]，诸侯辟舍[48]，纳于管键[49]，摄衽抱几，视膳于堂下[50]，天子已食，退而听朝也。'鲁人投其籥[51]，不果纳。不得入于鲁，将之薛[52]，假涂于邹[53]。当是时，邹君死，闵王欲入吊。夷维子谓邹之孤曰[54]：'天子吊，主人必将倍殡柩[55]，设北面于南方[56]，然后天子南面吊也[57]。'邹之群臣曰：'必若此，吾将伏剑而死。'故不敢入于邹。邹、鲁之臣，生则不得事养，死则不得饭含[58]。然且欲行天子之礼于邹、鲁之臣，不果纳。今秦万乘之国，梁亦万乘之国。俱据万乘之国，交有称王之名，睹其一战而胜，欲从而帝之，是使三晋之大臣不如邹、鲁之仆妾也[59]。且秦无已而帝[60]，则且变易诸侯之大臣。彼将夺其所谓不肖，而予其所谓贤；夺其所憎，而与其所爱。彼又将使其子女谗妾为诸侯妃姬[61]，处梁之宫。梁王安得晏然而已乎？而将军又何以得故宠乎[62]？"

㊺ 太牢：古代宴会或祭祀时牛、羊、猪三牲并用，叫太牢。十太牢，是招待诸侯的最高规格。㊻ 安取礼：依照什么礼节。㊼ 巡狩：古代天子离开都城到各地巡视。这里是为闵王出奔掩饰。㊽ 辟舍：离开宫室，避居别处。辟，通"避"。㊾ 纳于管键：交出钥匙。于，疑"衍"。㊿"摄衽抱几"两句：挽起衣襟，手捧食具，站在堂下，侍候天子进食。51 投其籥：意为闭关下锁。籥，同"钥"。52 薛：国名。在今山东滕县东南。53 假：通"借"。邹：国名，在今山东邹县。54 邹之孤：已故邹君之子。55 倍殡柩：将灵柩换个方向。倍，通"背"。56 设北面于南方：坐南朝北。57 南面吊：面对南方而吊。58"生则不得事养"两句：极言邹、鲁贫弱。饭含：古代葬礼。把米放在死者口中称饭；把玉放在死者口中称含。59 三晋：赵、魏、韩由晋分裂而成，故合称"三晋"。60 无已：没有止境。61 子女：此专指女儿。62 故宠：原有的宠幸。

于是，辛垣衍起，再拜谢曰："始以先生为庸人，吾乃今日而知先生为天下之士也。吾请去，不敢复言帝秦。"秦将闻之，为却军五十里。

适会魏公子无忌夺晋鄙军以救赵击秦[63]，秦军引而去。于是平原君欲封鲁仲连。鲁仲连辞让者三，终不肯受。平原君乃置酒，酒酣，起前以千金为鲁连寿。鲁连笑曰："所贵于天下之士者，为人排患、释难、解纷乱而无所取也。即有所取者，是商贾之人也，仲连不忍为也。"遂辞平原君而去，终身不复见。

---

[63] 魏公子无忌：信陵君（？—前243），魏安釐王弟。战国四公子之一。当时他为了救赵国，托魏王爱姬如姬盗出兵符，派勇士椎杀晋鄙，夺得兵权，击退秦军。

（黄　珅）

触詟说赵太后[1]

【题解】

由于赵太后拒谏，不仅引起齐、赵间的矛盾，同时也使赵国内部君臣矛盾激化，原有秦、赵间的矛盾更无法解决。这三组矛盾，环环相扣，而其关键则在长安君能否为质。触詟说赵太后，当然是为了解决这些矛盾，但他的谏说之词，妙在偏避开"长安君"三字，

---

[1] 选自《战国策·赵策四》。

而从起居饮食娓娓说来，尤妙在处处体贴老妇人心理，闲闲道来，看似漫不经心，实则句句打动对方心扉。直到最后将燕后与长安君作比较，太后顿悟对子女真爱的真正含义，从而矛盾得以圆满解决。本文旁敲侧击，借客形主，最终引君入彀，使之心悦诚服，有迷雾廓清、顿露青天之妙。

赵太后新用事②，秦急攻之。赵氏求救于齐。齐曰："必以长安君为质③，兵乃出。"太后不肯，大臣强谏。太后明谓左右："有复言令长安君为质者，老妇必唾其面！"

左师触詟愿见太后④，太后盛气而揖之⑤。入而徐趋⑥，至而自谢⑦，曰："老臣病足，曾不能疾走，不得见久矣。窃自恕⑧，而恐太后玉体之有所郄也⑨，故愿望见太后。"太后曰："老妇恃辇而行⑩。"曰："日食饮得无衰乎⑪？"曰："恃粥耳。"曰："老臣今者殊不欲食，乃自强步⑫，日三四里，少益嗜食，和于身也⑬。"太后曰："老妇不能。"太后之色少解⑭。

左师公曰："老臣贱息舒祺⑮，最少，不肖；而臣衰，窃爱怜之。愿令得补黑衣之数⑯，以卫王宫。没死以闻⑰。"太后曰："敬诺⑱。

---

② 赵太后：赵威后。参见《赵威后问齐使》注。新用事：刚执政。 ③ 长安君：赵太后小儿子的封号。质(zhì)：抵押，即人质。 ④ 触詟：《史记》作"触龙"，赵国大臣。 ⑤ 盛气：怒气冲冲。揖：当是"胥"字误。胥，同"须"，等待之意。 ⑥ 徐趋：慢慢地走。 ⑦ 谢：告罪。 ⑧ 窃自恕：私下原谅自己。 ⑨ 有所郄：意为有些不舒服。郄(xì)，同"隙"。 ⑩ 恃：凭借。辇(niǎn)：古代帝、后所坐的车。 ⑪ 衰：减少。 ⑫ 强步：勉强走动。 ⑬ 和于身：使身体舒适。 ⑭ 色少解：脸色稍微松弛了一些。 ⑮ 息：儿子。 ⑯ 黑衣：指王宫卫士，穿黑衣。 ⑰ 没(mò)死：冒着死罪。闻：禀告。 ⑱ 诺：应承之词。

年几何矣?”对曰:“十五岁矣。虽少,愿及未填沟壑而托之⑲。”太后曰:“丈夫亦爱怜其少子乎?”对曰:“甚于妇人。”太后笑曰:“妇人异甚⑳。”对曰:“老臣窃以为媪之爱燕后贤于长安君㉑。”曰:“君过矣,不若长安君之甚。”左师公曰:“父母之爱子,则为之计深远㉒。媪之送燕后也,持其踵为之泣㉓,念悲其远也,亦哀之矣。已行,非弗思也,祭祀必祝之,祝曰:‘必勿使反㉔。’岂非计久长,有子孙相继为王也哉?”太后曰:“然。”左师公曰:“今三世以前㉕,至于赵之为赵㉖,赵主之子孙侯者,其继有在者乎?”曰:“无有。”曰:“微独赵㉗,诸侯有在者乎?”曰:“老妇不闻也。”“此其近者祸及身,远者及其子孙。岂人主之子孙则必不善哉?位尊而无功,奉厚而无劳㉘,而挟重器多也㉙。今媪尊长安君之位,而封之以膏腴之地,多予之重器,而不及今令有功于国。一旦山陵崩㉚,长安君何以自托于赵?老臣以媪为长安君计短也,故以为其爱不若燕后。”太后曰:“诺。恣君之所使之㉛。”于是为长安君约车百乘质于齐㉜,齐兵乃出。

---

⑲ 填沟壑(hè):古代对自己死的谦卑说法。意即死后无人埋葬,被扔在山沟里。⑳ 异甚:特别厉害。㉑ 媪(ǎo):对年老妇人的尊称。燕后:赵太后的女儿,嫁给燕王为后,故称燕后。贤于:超过。㉒ 计:考虑,谋划。㉓ 持其踵为之泣:握住燕后的脚后跟为她哭泣。因燕后登车后,赵太后在车下,只能摸着女儿的脚后跟为之哭泣,表示舍不得女儿远嫁。㉔ 必勿使反:一定别让她回来。古代诸侯的女儿远嫁他国国君,只有亡国或被废弃才回本国。㉕ 三世:三代。父子相继为一世。㉖ 赵之为赵:言赵氏建国之时。㉗ 微独:不单。㉘ 奉:通“俸”,俸禄。㉙ 挟:拥有。重器:此指钟鼎之类贵重的宝物。㉚ 山陵崩:古时对国君、王后死去的避讳说法。㉛ 恣:听凭。㉜ 约车:备车。

子义闻之曰[33]："人主之子也，骨肉之亲也，犹不能恃无功之尊，无劳之奉，而守金玉之重也，而况人臣乎？"

㉝ 子义：赵国贤士。

（童雅君）

唐且不辱君命[1]

【题解】

据《史记》记载，燕太子丹派遣荆轲刺秦王，系将匕首藏在地图中，可见当时使者绝不能带着武器上秦王宫殿。本文说唐且"挺剑而起"，恐不合实情，故前人曾认为这篇是战国辩士虚构的寓言。本文能流传千古，并不在其事之有无，而在于成功地塑造了一个机智沉着、威武不屈的侠士形象。文中以"布衣之怒"与"天子之怒"相对抗；以"伏尸二人，流血五步"与"伏尸百万，流血千里"相对照，一句逼一句，一步紧一步，最终使傲慢的秦王屈服。全篇行文雄奇，言词慷慨，至今读之，犹凛凛有生气，难怪金圣叹称之为"俊绝、宕绝、峭绝、快绝之文"。

秦王使人谓安陵君曰[2]："寡人欲以五百里之地易安陵，安陵君

---

① 选自《战国策·魏策四》。 ② 秦王：秦始皇嬴政。安陵君：魏襄王封其弟成侯为安陵君，这里是指他的后裔。安陵：在今河南鄢陵西北。

其许寡人[③]?”安陵君曰:“大王加惠,以大易小,甚善。虽然,受地于先王,愿终守之,弗敢易。”秦王不说。安陵君因使唐且使于秦[④]。

秦王谓唐且曰:“寡人以五百里之地易安陵,安陵君不听寡人,何也?且秦灭韩亡魏[⑤],而君以五十里之地存者,以君为长者,故不错意也[⑥]。今吾以十倍之地,请广于君[⑦],而君逆寡人者,轻寡人与?”唐且对曰:“否,非若是也。安陵君受地于先王而守之,虽千里不敢易也,岂直五百里哉[⑧]?”秦王怫然怒[⑨],谓唐且曰:“公亦尝闻天子之怒乎?”唐且对曰:“臣未尝闻也。”秦王曰:“天子之怒,伏尸百万,流血千里。”唐且曰:“大王尝闻布衣之怒乎?”秦王曰:“布衣之怒,亦免冠徒跣[⑩],以头抢地尔[⑪]。”唐且曰:“此庸夫之怒也,非士之怒也。夫专诸之刺王僚也[⑫],彗星袭月[⑬];聂政之刺韩傀也[⑭],白虹贯日[⑮];要离之刺庆忌也[⑯],仓鹰击于殿上[⑰]。此三子者,皆布衣之士也,怀怒未发,休祲降于天[⑱],与臣而将四矣。若士必怒,伏尸二

---

③ 其:表示推测,大概。 ④ 唐且(jū):《史记》作唐雎。 ⑤ 灭韩亡魏:指秦始皇十七年(前230)灭韩国;二十二年(前225)灭魏国。 ⑥ 错意:放在心上。错,通“措”。 ⑦ 请广于君:希望扩大安陵君的国土。 ⑧ 岂直:岂但。 ⑨ 怫(bó)然:愤怒变色的样子。怫,通“勃”。 ⑩ 徒跣(xiǎn):赤脚步行。 ⑪ 抢地:撞地,碰地。 ⑫ 专诸之刺王僚:春秋时吴国公子光(即阖闾)欲夺吴王僚的王位,暗养勇士专诸,在宴请吴王僚时,专诸藏短剑于鱼腹中,乘献鱼时抽出短剑刺杀了他。专诸当场也为王僚左右所杀。 ⑬ 彗星:古代称作妖星,有光尾,形似扫帚,俗称扫帚星。 ⑭ 聂政:战国时齐国勇士,受韩国大夫严仲子之托,刺死了韩相韩傀。 ⑮ 贯:穿透。 ⑯ 要(yāo)离:春秋时吴国勇士。庆忌:吴王僚之子。僚死后,逃奔卫国。公子光派要离去卫国投奔庆忌,趁其不备刺杀了他。要离也伏剑自尽。 ⑰ 仓鹰:苍鹰。 ⑱ 休:吉祥。祲(jīn):妖气,凶兆。

人，流血五步，天下缟素[19]，今日是也。”挺剑而起。

秦王色挠[20]，长跪而谢之曰[21]：“先生坐，何至于此，寡人谕矣[22]。夫韩、魏灭亡，而安陵以五十里之地存者，徒以有先生也[23]。”

---

⑲ 天下缟素：古代国君死，全国都要穿素白丧服。 ⑳ 色挠：神色沮丧害怕。 ㉑ 长跪：直身挺腰而跪。 ㉒ 谕：明白。 ㉓ 徒以：只是因为。

（童雅君）

乐毅报燕惠王书[1]

【题解】

《战国策》记载策士的言论，往往笔势放纵，一泻无余，与《左传》《国语》文章的微婉善讽、严谨典雅，形成鲜明对照。但也有例外。如果说鲁仲连与当时策士的区别主要在于人格，其论说尚未摆脱纵横捭阖、好危言耸听的特色，那么本文词气渊雅，在语言表达上，已和时人大不相同。燕惠王致乐毅书，巧于文饰，本是一段绝妙文字。乐毅答书，全针对燕王的责让而发，但他既不居功，也不辞罪，只是反反复复披沥衷肠，抒写幽愤，措辞婉而苦，用意深而曲，既维护了昭王的声誉，也剖析了自己奔赵的是非曲直和心迹，燕惠王见书能不汗颜？前人评本文“激扬磊落，长歌可以当泣”，确实不愧为《战国策》中最出色的文字。后世唯有刘向、诸葛亮的文章，风神气骨，颇与此相似。

---

① 选自《战国策·燕策二》。

昌国君乐毅为燕昭王合五国之兵而攻齐②，下七十余城，尽郡县之以属燕。三城未下③，而燕昭王死。惠王即位④，用齐人反间⑤，疑乐毅，而使骑劫代之将⑥。乐毅奔赵，赵封以为望诸君。齐田单诈骑劫⑦，卒败燕军，复收七十城以复齐。燕王悔，惧赵用乐毅承燕之弊以伐燕。

燕王乃使人让乐毅⑧，且谢之曰："先王举国而委将军，将军为燕破齐，报先王之仇，天下莫不振动，寡人岂敢一日而忘将军之功哉！会先王弃群臣，寡人新即位，左右误寡人⑨。寡人之使骑劫代将军者，为将军久暴露于外⑩，故召将军且休计事。将军过听⑪，以与寡人有郄⑫，遂捐燕而归赵⑬。将军自为计则可矣，而亦何以报先王之所以遇将军之意乎⑭？"

望诸君乃使人献书报燕王曰："臣不佞⑮，不能奉承先王之教，以顺左右之心，恐抵斧质之罪⑯，以伤先王之明⑰，而又害于足下之

---

② 乐毅：中山国灵寿（今河北平山东北）人，乐羊的后代。燕昭王二十八年（前 284），率军攻破齐国，因功封于昌国（齐地，在今山东淄博东南），号昌国君。后投奔赵国，封于观津（今河北武邑东南），号望诸君。燕昭王：名职。公元前 311—前 279 年在位。五国：赵、魏、韩、楚、燕。 ③ 三城：聊城、莒、即墨。实际上当时只有莒、即墨未被攻下。 ④ 惠王：燕昭王子。公元前 278—前 272 年在位。 ⑤ 用：因。反间：离间。 ⑥ 骑劫：燕将，兵败后，被齐人所杀。 ⑦ 田单：临淄（今山东淄博东北）人。乐毅攻齐时，他坚守即墨（今山东平度东南），后用火牛阵击败燕军，一举收复失地，封安平君。 ⑧ 让：责备。 ⑨ 左右：身边的近臣。这是惠王委过于人的说法。 ⑩ 暴（pù）：同"曝"，晒。 ⑪ 过听：误听。 ⑫ 郄（xì）：本字作"郤"，嫌隙。通"隙"。 ⑬ 捐：弃。 ⑭ 遇：相待。 ⑮ 不佞（nìng）：不才，不贤。 ⑯ 斧质之罪：杀身之罪。质，同"锧"，古代腰斩用的垫座。 ⑰ 先王之明：指燕昭王知人善任的英明。

义[18]，故遁逃奔赵。自负以不肖之罪，故不敢为辞说。今王使使者数之罪[19]，臣恐侍御者之不察先王之所以畜幸臣之理[20]，而又不白于臣之所以事先王之心，故敢以书对。

"臣闻贤圣之君，不以禄私其亲，功多者授之；不以官随其爱，能当之者处之[21]。故察能而授官者，成功之君也；论行而结交者，立名之士也。臣以所学者观之，先王之举错[22]，有高世之心[23]，故假节于魏王[24]，而以身得察于燕[25]。先王过举[26]，擢之乎宾客之中，而立之乎群臣之上，不谋于父兄，而使臣为亚卿。臣自以为奉令承教，可以幸无罪矣，故受命而不辞。

"先王命之曰：'我有积怨深怒于齐，不量轻弱，而欲以齐为事[27]。'臣对曰：'夫齐霸国之余教也[28]，而骤胜之遗事也[29]，闲于兵甲[30]，习于战攻。王若欲攻之，则必举天下而图之。举天下而图之，莫径于结赵矣[31]。且又淮北、宋地，楚、魏之所同愿也[32]。赵若许，约楚、魏，宋尽力[33]，四国攻之[34]，齐可大破也。'先王曰：'善。'臣乃口受

---

⑱ 足下之义：指燕惠王如果无罪而杀乐毅是非义行为。 ⑲ 数：列举。 ⑳ 侍御者：侍奉国君的人。因不敢直指惠王，故以此代称。畜：养。幸：宠爱。 ㉑ 能当之者处之：才能足以担当什么官职，就安排什么官职。 ㉒ 举错：措施。错，通"措"。 ㉓ 高世之心：高于世人的心志。 ㉔ 假节于魏王：据《史记·乐毅列传》，乐毅奉魏昭王之命，出使燕国，见燕昭王好士，于是便留在燕国。假，通"借"。节，使者出使的凭证。 ㉕ 察：选拔。 ㉖ 过举：破格任用。 ㉗ 以齐为事：把向齐报仇作为主要任务。 ㉘ 霸国：齐国先王桓公是春秋五霸之首。余教：留下来的教化。 ㉙ 骤胜：屡胜。遗事：遗留下来的业绩。 ㉚ 闲：通"娴"，熟习。 ㉛ 径：直接。 ㉜ "且又"两句：楚国想得淮北之地，魏国想得宋国旧地。 ㉝ 宋：当时宋国已灭，此"宋"为衍文。 ㉞ 四国：赵、魏、楚、燕。

令，具符节，南使臣于赵。顾反命㉟，起兵随而攻齐。以天之道，先王之灵，河北之地㊱，随先王举而有之于济上㊲。济上之军，奉令击齐，大胜之。轻卒锐兵，长驱至国㊳。齐王逃遁走莒㊴，仅以身免。珠玉财宝，车甲珍器，尽收入燕。大吕陈于元英㊵，故鼎反于历室㊶，齐器设于宁台㊷。蓟丘之植㊸，植于汶皇㊹。自五伯以来㊺，功未有及先王者也。先王以为惬其志，以臣为不顿命㊻，故裂地而封之㊼，使之得比乎小国诸侯。臣不佞，自以为奉令承教，可以幸无罪矣，故受命而弗辞。

“臣闻贤明之君，功立而不废，故著于春秋㊽；蚤知之士㊾，名成而不毁，故称于后世。若先王之报怨雪耻，夷万乘之强国㊿，收八百岁之蓄积(51)，及至弃群臣之日，余令诏后嗣之遗义(52)，执政任事之臣，所以能循法令，顺庶孽者(53)，施及萌隶(54)，皆可以教于后世。

“臣闻善作者，不必善成；善始者，不必善终。昔者伍子胥说听乎阖闾，故吴王远迹至于郢(55)。夫差弗是也，赐之鸱夷而浮之

㉟ 顾：一回顾之间，形容迅速。反命：回复使命。 ㊱ 河北之地：指黄河以北的齐地。 ㊲ 举：全部。济上：济水边。 ㊳ 国：指齐国国都临淄。 ㊴ 齐王：齐湣王。莒：在今山东莒县。 ㊵ 大吕：齐国乐钟名。元英：燕国宫殿名。 ㊶ 故鼎：燕哙之乱，齐伐燕时所掠去的鼎。历室：燕国宫殿名。 ㊷ 宁台：燕国台观名。 ㊸ 蓟丘：燕国都城。 ㊹ 汶：汶水。在今山东境内，古齐地。皇：一作“篁”，竹田。 ㊺ 五伯：春秋五霸。 ㊻ 顿命：败坏使命。 ㊼ 裂地：分土地。指封乐毅为昌国君。 ㊽ 春秋：指当时各国的史书。 ㊾ 蚤知：先知。蚤，通“早”。 ㊿ 夷：平定。 (51) 八百岁：齐自姜尚受封于此，至为乐毅所败，历时约八百年。 (52) 遗义：指昭王的遗训。 (53) 顺庶孽：使庶子顺服。古代新君之立，常有庶子作乱之患。 (54) 施(yì)：延续。萌隶：百姓。 (55)“昔者伍子胥”两句：伍子胥，名员。楚平王杀其父伍奢，伍

江[56]。故吴王夫差不悟先论之可以立功[57]，故沉子胥而不悔。子胥不蚤见主之不同量[58]，故入江而不改[59]。夫免身全功[60]，以明先王之迹者，臣之上计也。离毁辱之非[61]，堕先王之名者，臣之所大恐也。临不测之罪，以幸为利者[62]，义之所不敢出也。

"臣闻古之君子，交绝不出恶声；忠臣之去也，不洁其名[63]。臣虽不佞，数奉教于君子矣。恐侍御者之亲左右之说，而不察疏远之行也[64]，故敢以书报，唯君之留意焉。"

子胥逃奔吴国，帮助阖闾（公子光）刺杀吴王僚，夺取王位。不久率兵攻破楚国，长驱入郢（楚国国都，在今湖北江陵西北）。 ⑯"夫差弗是也"两句：阖闾死，其子夫差即位，大败越兵。伍子胥劝夫差拒绝越国求和，夫差不听，反听信谗言，逼子胥自杀，并将他尸体放在鸱夷（皮袋）里，抛入江中。 ⑰ 先论：指伍子胥关于不灭越、后必为越所灭的预见。 ⑱ 不同量：和自己的才量、识见不同。 ⑲ 不改：一作"不化"。言子胥怨恨，故虽投江而神不化，犹为波涛之神。 ⑳ 免身全功：使自身得免于罪而保全破齐之功。 ㉑ 离：通"罹"，遭受。 ㉒ 以幸为利：侥幸图谋私利。指以助赵伐燕为利。 ㉓ 不洁其名：不洗刷自己的声名。 ㉔ 疏远：疏远者，乐毅自指。

（黄 珅）

《孟子》 儒家经典之一，记录了孟轲及其弟子的思想言论。孟轲（约前372—前289），战国思想家。字子舆，战国中期邹（今山东邹县东南）人，受业于子思的门人，曾周游列国，宣扬王道、仁政、仁义和“君轻民贵”“性善”等观点。晚年与弟子万章等著书立说。《孟子》原有十一篇，今存七篇，分为二百六十一章。有《十三经注疏》本、南宋朱熹的《四书集注》本和清焦循的《孟子正义》等。

齐桓晋文之事[①]

【题解】

本章是孟子和齐宣王的一次谈话记录。孟子认为“王道”之未行，不是由于统治者的“不能”，而是由于“不为”。在他看来，人君应当弃霸业而行王道。而王道之要不过是推其不忍之心，以行不忍之政而已。本章循循善诱，层层深入，善于展开心理攻势。修辞上多用比喻和排比句，显得生动而有气势，体现了《孟子》一书雄辩的特色。

齐宣王问曰[②]：“齐桓、晋文之事可得闻乎[③]？”

孟子对曰：“仲尼之徒无道桓文之事者，是以后世无传焉，臣未之闻也。无以[④]，则王乎[⑤]？”

曰：“德何如则可以王矣？”

---

① 选自《孟子·梁惠王上》。 ② 齐宣王：姓田，名辟疆。 ③ 齐桓、晋文：齐桓公、晋文公，春秋时先后称霸。 ④ 无以：无已，不停止。 ⑤ 则王：那么谈谈王天下的道理吧。

曰："保民而王，莫之能御也。"

曰："若寡人者，可以保民乎哉？"

曰："可。"

曰："何由知吾可也？"

曰："臣闻之胡龁曰[⑥]，王坐于堂上，有牵牛而过堂下者，王见之，曰：'牛何之？'对曰：'将以衅钟[⑦]。'王曰：'舍之！吾不忍其觳觫[⑧]，若无罪而就死地。'对曰：'然则废衅钟与？'曰：'何可废也？以羊易之！'——不识有诸？"

曰："有之。"

曰："是心足以王矣。百姓皆以王为爱也[⑨]，臣固知王之不忍也。"

王曰："然，诚有百姓者。齐国虽褊小，吾何爱一牛？即不忍其觳觫，若无罪而就死地，故以羊易之也。"

曰："王无异于百姓之以王为爱也。以小易大，彼恶知之？王若隐其无罪而就死地，则牛羊何择焉？"

王笑曰："是诚何心哉？我非爱其财而易之以羊也。宜乎百姓之谓我爱也。"

曰："无伤也，是乃仁术也，见牛未见羊也。君子之于禽兽也，见其生，不忍见其死；闻其声，不忍食其肉。是以君子远庖厨也[⑩]。"

---

⑥ 胡龁(hé)：齐宣王近臣。 ⑦ 衅钟：一种祭祀仪式，新钟铸成后，杀牲取血，涂抹其缝隙，并用牲体设祭。 ⑧ 觳觫(hú sù)：战栗恐惧的样子。 ⑨ 爱：吝惜。 ⑩ 庖厨：厨房。

王说曰："《诗》云：'他人有心，予忖度之[11]。'夫子之谓也。夫我乃行之，反而求之，不得吾心。夫子言之，于我心有戚戚焉[12]。此心之所以合于王者，何也？"

曰："有复于王者曰：'吾力足以举百钧，而不足以举一羽；明足以察秋毫之末，而不见舆薪。'则王许之乎？"

曰："否。"

"今恩足以及禽兽，而功不至于百姓者，独何与？然则一羽之不举，为不用力焉；舆薪之不见，为不用明焉；百姓之不见保，为不用恩焉。故王之不王，不为也，非不能也。"

曰："不为者与不能者之形，何以异？"

曰："挟太山以超北海[13]，语人曰，'我不能。'是诚不能也。为长者折枝[14]，语人曰，'我不能。'是不为也，非不能也。故王之不王，非挟太山以超北海之类也；王之不王，是折枝之类也。

"老吾老，以及人之老；幼吾幼，以及人之幼。天下可运于掌。《诗》云：'刑于寡妻，至于兄弟，以御于家邦[15]。'言举斯心加诸彼而已[16]。故推恩足以保四海，不推恩无以保妻子。古之人所以大过人者，无他焉，善推其所为而已矣。今恩足以及禽兽，而功不至于百姓

---

⑪ "他人有心"两句：见《诗经·小雅·巧言》。忖度(duó)，揣测。 ⑫ 戚戚：心动的样子。 ⑬ 太山：泰山。北海：渤海。 ⑭ 折枝：折取树枝。一说枝同"肢"，折肢意为按摩肢体。 ⑮ "刑于寡妻"三句：见《诗经·大雅·思齐》。刑，同"型"，即示范。寡妻，寡德之妻，与"寡人"同为谦称，指国君的正妻。 ⑯ "言举斯心"句：意为把这种爱心加之于别人身上罢了。

者，独何与？权[17]，然后知轻重；度，然后知长短。物皆然，心为甚。王请度之！抑王兴甲兵[18]，危士臣，构怨于诸侯，然后快于心与？"

王曰："否，吾何快于是？将以求吾所大欲也。"

曰："王之所大欲，可得闻与？"

王笑而不言。

曰："为肥甘不足于口与[19]？轻暖不足于体与[20]？抑为采色不足视于目与[21]？声音不足听于耳与？便嬖不足使令于前与[22]？王之诸臣皆足以供之，而王岂为是哉？"

曰："否，吾不为是也。"

曰："然则王之所大欲可知已，欲辟土地[23]，朝秦楚[24]，莅中国而抚四夷也[25]。以若所为，求若所欲，犹缘木而求鱼也[26]。"

王曰："若是其甚与？"

曰："殆有甚焉[27]。缘木求鱼，虽不得鱼，无后灾。以若所为求若所欲，尽心力而为之，后必有灾。"

曰："可得闻与？"

曰："邹人与楚人战，则王以为孰胜？"

曰："楚人胜。"

曰："然则小固不可以敌大，寡固不可以敌众，弱固不可以敌强。

---

⑰ 权：秤锤。此指用秤称。⑱ 抑：还是。⑲ 肥甘：肥美的食品。⑳ 轻暖：轻软暖和的衣服。㉑ 采：同"彩"。㉒ 便嬖（bì）：亲近宠信者。㉓ 辟：开辟，扩大。㉔ 朝：使……朝见。㉕ 莅（lì）：监临。中国：中原地带。㉖ 缘：沿……攀登。㉗ 殆：只怕，可能。

海内之地，方千里者九[28]，齐集有其一。以一服八，何以异于邹敌楚哉？盍亦反其本矣[29]。今王发政施仁，使天下仕者皆欲立于王之朝，耕者皆欲耕于王之野，商贾皆欲藏于王之市，行旅皆欲出于王之涂，天下之欲疾其君者皆欲赴愬于王[30]。其若是，孰能御之？”

王曰：“吾惛[31]，不能进于是矣。愿夫子辅吾志，明以教我。我虽不敏，请尝试之。”

曰：“无恒产而有恒心者[32]，惟士为能。若民，则无恒产，因无恒心。苟无恒心[33]，放辟邪侈[34]，无不为已。及陷于罪，然后从而刑之，是罔民也[35]。焉有仁人在位，罔民而可为也？是故明君制民之产[36]，必使仰足以事父母，俯足以畜妻子，乐岁终身饱，凶年免于死亡；然后驱而之善，故民之从之也轻[37]。今也制民之产，仰不足以事父母，俯不足以畜妻子；乐岁终身苦，凶年不免于死亡。此惟救死而恐不赡[38]，奚暇治礼义哉[39]？

“王欲行之，则盍反其本矣！五亩之宅，树之以桑，五十者可以衣帛矣。鸡豚狗彘之畜[40]，无失其时，七十者可以食肉矣。百亩之田，勿夺其时，八口之家，可以无饥矣。谨庠序之教[41]，申之以孝悌

㉘ 方千里者九：千里见方大的土块有九块。 ㉙ 盍(hé)：何不。反：同“返”。 ㉚ 赴愬：跑来告诉。 ㉛ 惛：同“昏”。 ㉜ 恒产：固定产业。恒心：长久不变之心。 ㉝ 苟：假如。 ㉞ 放辟：放荡，行为不正。邪侈：与“放辟”义同。 ㉟ 罔民：对人民张设罗网，使民陷于罪。罔，同“网”。 ㊱ 制：规定。㊲ 轻：容易。㊳ 赡(shàn)：足。㊴ 奚：何，哪里有。 ㊵ 豚：小猪。彘(zhì)：大猪。 ㊶ 谨：重视。庠(xiáng)序：泛指学校。

之义[42]，颁白者不负戴于道路矣[43]。老者衣帛食肉，黎民不饥不寒，然而不王者，未之有也。”

---

[42] 悌：兄弟相爱。[43] 颁：同“斑”。颁白者：头发半黑半白的老人。负戴：背负头顶，指体力劳动。

（史煦光）

孟子去齐[1]

【题解】

本章是孟子在离开齐国的路上，与挽留者的对话，以及对非议者尹士的驳斥，体现了他汲汲于平治天下之心和爱君泽民的高远志向。同时抒发了不被齐王重视而离开齐国时三步一回头的失望心态。一个惓惓恳切的老夫子形象，跃然纸上。

孟子去齐[2]，宿于昼[3]。有欲为王留行者[4]，坐而言。不应，隐几而卧[5]。客不悦曰：“弟子齐宿而后敢言[6]，夫子卧而不听，请勿复敢见矣。”

曰：“坐！我明语子。昔者鲁缪公无人乎子思之侧[7]，则不能安

---

① 选自《孟子·公孙丑下》。② 去齐：离开齐国。③ 昼：地名，在齐国临淄（今山东淄博）西南。④ 为王留行：替齐王挽留住孟子。⑤ 隐几而卧：伏在靠几上睡。⑥ 齐宿：齐，同“斋”。先一日斋戒，叫做“斋宿”。⑦ 鲁缪公：鲁穆公，名显。子思：孔子之孙，名伋。

子思;泄柳、申详无人乎缪公之侧[⑧],则不能安其身。子为长者虑[⑨],而不及子思;子绝长者乎?长者绝子乎?"

孟子去齐。尹士语人曰:"不识王之不可以为汤武,则是不明也;识其不可,然且至,则是干泽也[⑩]。千里而见王,不遇故去,三宿而后出昼,是何濡滞也[⑪]?士则兹不悦。"

高子以告[⑫]。

曰:"夫尹士恶知予哉[⑬]?千里而见王,是予所欲也;不遇故去,岂予所欲哉?予不得已也。予三宿而出昼,于予心犹以为速,王庶几改之[⑭]!王如改诸,则必反予。夫出昼,而王不予追也,予然后浩然有归志[⑮]。予虽然,岂舍王哉!王由足用为善[⑯];王如用予,则岂徒齐民安,天下之民举安。王庶几改之!予日望之!予岂若是小丈夫然哉?谏于其君而不受,则怒,悻悻然见于其面[⑰],去则穷日之力而后宿哉?"

尹士闻之,曰:"士诚小人也。"

孟子去齐,充虞路问曰:"夫子若有不豫色然[⑱]。前日虞闻诸夫子曰:'君子不怨天,不尤人[⑲]。'"

曰:"彼一时,此一时也。五百年必有王者兴,其间必有名世

---

⑧ 泄柳:鲁穆公时贤人。申详:孔子学生子张之子,子游之婿。 ⑨ 长者:孟子年老,故自称长者。 ⑩ 干泽:贪求富贵。 ⑪ 濡滞:慢吞吞地拖延。 ⑫ 高子:孟子的弟子,齐人。 ⑬ 恶:何,哪里。 ⑭ 庶几:也许会。 ⑮ 浩然:如水之流不可止。 ⑯ 由:同"犹"。足用:犹"足以"。 ⑰ 悻悻然:器量狭小、愤愤不平的样子。见:同"现"。 ⑱ 不豫色:不快乐的样子。 ⑲ 不怨天,不尤人:不抱怨天,不责怪人。此本孔子语,孟子曾向学生转述。

者[20]。由周而来，七百有余岁矣。以其数，则过矣；以其时考之，则可矣。夫天未欲平治天下也；如欲平治天下，当今之世，舍我其谁也？吾何为不豫哉？"

孟子去齐，居休[21]。公孙丑问曰："仕而不受禄，古之道乎？"

曰："非也；于崇[22]，吾得见王，退而有去志，不欲变，故不受也。继而有师命[23]，不可以请。久于齐，非我志也。"

---

⑳ 名世者：命世之才。"名"与"命"古时通用。 ㉑ 休：故城在今山东滕县以北十五里，距孟子家约百里。 ㉒ 崇：地名，今址不可考。 ㉓ 师命：师旅之命，指发生战事。

（史煦光）

有为神农之言者许行[1]

【题解】

本篇是研究孟子社会历史观和经济思想的重要资料。许行主张"君民并耕而食"，君王贵族不能靠剥削自肥的农家思想，代表了个体农民的利益，虽有其合理性，但忽视了必要的社会分工，在理论上有严重缺陷。孟子采用步步诘问层层深入的论证法，批驳了许行农家观点的失误，其理论在封建社会有深远影响。本章逻辑严密，气势咄咄逼人。

---

① 本篇选自《孟子·滕文公上》。

有为神农之言者许行[②]，自楚之滕[③]，踵门而告文公曰[④]：“远方之人闻君行仁政，愿受一廛而为氓[⑤]。”文公与之处。其徒数十人，皆衣褐[⑥]，捆屦织席以为食[⑦]。

陈良之徒陈相与其弟辛[⑧]，负耒耜而自宋之滕[⑨]。曰：“闻君行圣人之政，是亦圣人也，愿为圣人氓。”

陈相见许行而大悦，尽弃其学而学焉。陈相见孟子，道许行之言曰：“滕君则诚贤君也；虽然，未闻道也。贤者与民并耕而食，饔飧而治[⑩]。今也滕有仓廪府库[⑪]，则是厉民而以自养也[⑫]，恶得贤？”

孟子曰：“许子必种粟而后食乎？”曰：“然。”“许子必织布而后衣乎？”曰：“否，许子衣褐。”“许子冠乎？”曰：“冠。”曰：“奚冠[⑬]？”曰：“冠素[⑭]。”曰：“自织之与？”曰：“否，以粟易之。”曰：“许子奚为不自织？”曰：“害于耕[⑮]。”曰：“许子以釜甑爨[⑯]，以铁耕乎[⑰]？”曰：“然。”“自为之与？”曰：“否，以粟易之。”

“以粟易械器者，不为厉陶冶；陶冶亦以其械器易粟者，岂为厉

---

② 为：治，此作“研究”解。神农：上古传说中“三皇”之一，相传是神农开始教人民耕稼。农家自称神农为其始祖。许行：农家代表人物，楚国人，与孟子同时，生卒年不详。 ③ 滕：古国名，在今山东滕县西南。 ④ 踵门：亲自登门。 ⑤ 廛（chán）：一夫所居之地。氓（méng）：百姓，多指自外地迁来之民。 ⑥ 褐（hè）：粗毛编织的衣服，当时贫苦人的衣服。 ⑦ 捆屦（jù）：打制麻鞋或草鞋。 ⑧ 陈良：战国时楚国儒者。 ⑨ 耒耜（lěi sì）：古代一种像犁的农具。 ⑩ 饔飧（yōng sūn）而治：自己做饭而兼治天下。饔，早餐；飧，晚餐。 ⑪ 仓廪（lǐn）：粮食仓库。 ⑫ 厉民：害民，使民困苦。 ⑬ 奚冠：戴什么帽子。 ⑭ 素：生丝织成的绢帛，不染色。 ⑮ 害于耕：对耕种有妨害。 ⑯ 釜（fǔ）：锅。甑（zèng）：瓦器炊具。爨：烧火做饭。 ⑰ 铁：指铁制农具。

农夫哉！且许子何不为陶冶，舍皆取诸其宫中而用之⑱？何为纷纷然与百工交易？何许子之不惮烦⑲？”

曰：“百工之事，固不可耕且为也。”“然则治天下独可耕且为与？有大人之事，有小人之事⑳。且一人之身，而百工之所为备，如必自为而后用之，是率天下而路也㉑。故曰：或劳心，或劳力。劳心者治人，劳力者治于人；治于人者食人㉒，治人者食于人，天下之通义也。

“当尧之时，天下犹未平。洪水横流，泛滥于天下。草木畅茂，禽兽繁殖，五谷不登，禽兽偪人㉓。兽蹄鸟迹之道，交于中国㉔。尧独忧之，举舜而敷治焉㉕。舜使益掌火㉖，益烈山泽而焚之，禽兽逃匿。禹疏九河㉗，瀹济漯而注诸海㉘；决汝汉㉙，排淮泗㉚，而注之江；然后中国可得而食也。当是时也，禹八年于外，三过其门而不入，虽欲耕，得乎？

“后稷教民稼穑㉛，树艺五谷㉜，五谷熟而民人育。人之有道也，饱食暖衣，逸居而无教㉝，则近于禽兽。圣人有忧之㉞，使契为

---

⑱ 舍皆：什么都。宫中：家中。 ⑲ 不惮烦：不怕麻烦。 ⑳ 大人：君子，指统治者。小人：指被统治者。 ㉑ 率天下而路：引导天下之人疲于奔命。路，通“露”，疲劳，困顿。 ㉒ 食（sì）：供养。 ㉓ 偪：同“逼”，威胁。 ㉔ 交于中国：纵横于中原一带。 ㉕ 敷：遍。 ㉖ 益：舜的大臣。掌火：做管火的官。 ㉗ 九河：相传是禹在黄河下游为疏浚黄河而开凿的九条支流，其故道已不可考。 ㉘ 瀹（yuè）：疏导。济（jǐ）、漯（tā）：二水名。济水源出今河南济源王屋山，流经山东入海。漯水源出今山东朝城境，宋代已湮没。 ㉙汝：汝水，在今河南，东流入淮河。汉：汉水。 ㉚淮泗：淮河和泗水。 ㉛ 后稷：名弃，周的始祖。稼穑（sè）：种叫稼，收叫穑，这里泛指农事。 ㉜ 树、艺：都是种植的意思。 ㉝ 逸居而无教：住得安逸而未受到教育。 ㉞ 有：同“又”。

司徒㉟，教以人伦：父子有亲，君臣有义，夫妇有别，长幼有序，朋友有信。放勋曰㊱：'劳之来之㊲，匡之直之㊳，辅之翼之㊴，使自得之㊵，又从而振德之㊶。'圣人之忧民如此，而暇耕乎？

"尧以不得舜为己忧，舜以不得禹、皋陶为己忧㊷。夫以百亩之不易为己忧者㊸，农夫也。分人以财谓之惠，教人以善谓之忠，为天下得人者谓之仁。是故以天下与人易，为天下得人难。孔子曰：'大哉尧之为君！惟天为大，惟尧则之，荡荡乎民无能名焉！君哉舜也！巍巍乎有天下而不与焉㊹！'尧舜之治天下，岂无所用其心哉？亦不用于耕耳。

"吾闻用夏变夷者㊺，未闻变于夷者也。陈良，楚产也，悦周公、仲尼之道，北学于中国。北方之学者，未能或之先也。彼所谓豪杰之士也。子之兄弟，事之数十年，师死而遂倍之㊻。昔者孔子没，三年之外，门人治任将归㊼；入揖于子贡，相向而哭，皆失声，然后归。子贡反，筑室于场，独居三年，然后归。他日，子夏、子张、子游㊽，以有若似圣人㊾，欲以所事孔子事之。强曾子㊿。曾子曰：

㉟ 契(xiè)：尧的臣子，商的始祖。司徒：官名，掌管教育等事。 ㊱ 放勋：尧之称号。 ㊲ 劳(lào)：慰劳。来(lài)：安抚。 ㊳ 匡：纠正，此指正其邪心。直：端正，此指伸其枉曲。 ㊴ 辅：帮助。翼：保护。 ㊵ 使自得之：使人人都能自得其本性而生存、发展。 ㊶ 振：同"赈"，救济。德：施以恩德。 ㊷ 皋陶(gāo yáo)：舜的司法官。相传禹和皋陶曾协助舜治理天下。 ㊸ 易：治。 ㊹ "大哉尧之为君"六句：见《论语·泰伯》，文字有出入。则，效法。名，用言语来赞美。 ㊺ 夏：指当时文化较发达的中原各国。变夷：使外族同化。 ㊻ 倍：同"背"，背叛。 ㊼ 治任：收拾行装。 ㊽ 子夏、子张、子游：皆孔子弟子。 ㊾ 有若：孔子弟子。 ㊿ 曾子：孔子弟子。

‘不可。江汉以濯之[51]，秋阳以暴之[52]，皜皜乎不可尚已[53]！今也南蛮鴃舌之人[54]，非先王之道，子倍子之师而学之，亦异于曾子矣。吾闻出于幽谷迁于乔木者，未闻下乔木而入于幽谷者[55]。《鲁颂》曰：‘戎狄是膺，荆舒是惩[56]。’周公方且膺之，子是之学，亦为不善变矣。

“从许子之道，则市贾不贰[57]，国中无伪，虽使五尺之童适市，莫之或欺。布帛长短同，则贾相若；麻缕丝絮轻重同，则贾相若；五谷多寡同，则贾相若；屦大小同，则贾相若。”

曰：“夫物之不齐，物之情也：或相倍蓰[58]，或相什百，或相千万。子比而同之，是乱天下也。巨屦小屦同贾，人岂为之哉？从许子之道，相率而为伪者也，恶能治国家！”

---

[51] 濯：洗。 [52] 秋阳：周历的秋季相当于夏历的五、六、七月，故这里所说的秋阳，即夏天的太阳。暴(pù)：同“曝”，晒。 [53] 皜(hào)皜：光明纯洁。不可尚：不可超过。尚，同“上”。 [54] 南蛮鴃(jué)舌之人：说话像鸟叫一般的南方蛮人。指楚人许行辈。鴃，伯劳鸟。 [55]“吾闻”两句：见《诗经·小雅·伐木》。意为：我只听说鸟儿从幽暗的山沟迁到高树上，没有听说鸟儿离开高树飞进幽暗的山沟里。 [56]“戎狄是膺”两句：见《诗经·鲁颂·閟宫》。意为把戎狄击退，把荆、舒抵挡住。荆，指楚国。舒，楚的附庸小国。 [57] 贾：同“价”。 [58] 或相倍蓰(xǐ)：有的相差一倍或五倍。蓰，五倍。

（史煦光）

外人皆称夫子好辩[①]

【题解】

本章是孟子以排斥异端为己任，为其“好辩”所作的一番辩解。语带感慨，感情充沛。文势如常山之蛇，首尾相应。

公都子曰[②]：“外人皆称夫子好辩，敢问何也？”

孟子曰：“予岂好辩哉？予不得已也。”天下之生久矣，一治一乱。当尧之时，水逆行，泛滥于中国，蛇龙居之[③]，民无所定；下者为巢[④]，上者为营窟[⑤]。《书》曰：‘洚水警余[⑥]。’洚水者，洪水也。使禹治之。禹掘地而注之海，驱蛇龙而放之菹[⑦]；水由地中行，江、淮、河、汉是也。险阻既远，鸟兽之害人者消，然后人得平土而居之。

“尧舜既没，圣人之道衰，暴君代作[⑧]，坏宫室以为汙池，民无所安息；弃田以为园囿，使民不得衣食。邪说暴行又作，园囿、汙

① 选自《孟子·滕文公下》。 ② 公都子：孟子的弟子。 ③ 蛇龙居之：大地成为蛇与龙的居处。 ④ 下者为巢：低地的人在树上搭巢。 ⑤ 上者为营窟：高地的人在洞穴内居住。 ⑥ 洚水：洪水。警余：警诫我们。 ⑦ 菹(jū)：生草的沼泽。 ⑧ 代作：更代而作，相继而起。

池、沛泽多而禽兽至。及纣之身，天下又大乱。周公相武王诛纣，伐奄三年讨其君[⑨]，驱飞廉于海隅而戮之[⑩]，灭国者五十，驱虎、豹、犀、象而远之，天下大悦。《书》曰：'丕显哉，文王谟[⑪]！丕承者，武王烈！佑启我后人，咸以正无缺[⑫]。'

"世衰道微，邪说暴行有作[⑬]，臣弑其君有之，子弑其父者有之。孔子惧，作《春秋》。《春秋》，天子之事也；是故孔子曰：'知我者其惟《春秋》乎！罪我者其惟《春秋》乎！'

"圣王不作，诸侯放恣[⑭]，处士横议[⑮]，杨朱、墨翟之言盈天下[⑯]。天下之言不归杨，则归墨。杨氏为我，是无君也；墨氏兼爱，是无父也。无父无君，是禽兽也。公明仪曰：'庖有肥肉，厩有肥马；民有饥色，野有饿莩[⑰]。此率兽而食人也。'杨墨之道不息，孔子之道不著，是邪说诬民，充塞仁义也[⑱]。仁义充塞，则率兽食人，人将相食。吾为此惧，闲先圣之道[⑲]，距杨墨，放淫辞，邪说者不得作。作于其心，害于其事；作于其事，害于其政。圣人复起，不易吾言矣。

"昔者禹抑洪水而天下平，周公兼夷狄，驱猛兽而百姓宁，孔

⑨ 奄：奄国。周成王伐奄国，三年后杀其国君。 ⑩ 飞廉：蜚廉，与其子恶来均为纣王之将。 ⑪ 谟：谋略。 ⑫ "咸以"句：意为使大家都正确而无缺点。 ⑬ 有：同"又"。 ⑭ 放恣：无所顾忌。 ⑮ 处士：不官于朝而居家的一般士人。 ⑯ 杨朱：战国时思想家，魏国人。主张"全性保真，不以物累形"，为"养生""贵己"而摒弃一切。墨翟：春秋战国之际思想家，墨家学派创始者，主张"兼爱""非攻"。 ⑰ 饿莩(piǎo)：莩，同"殍"，饿死的人的尸体。 ⑱ 充塞仁义：阻塞了仁义的道路。 ⑲ 闲：防闲，意即"捍卫"。

子成《春秋》而乱臣贼子惧。《诗》云:‘戎狄是膺,荆舒是惩,则莫我敢承[20]。’无父无君,是周公所膺也。我亦欲正人心,息邪说,距诐行,放淫辞,以承三圣者。岂好辩哉?予不得已也。能言距杨墨者,圣人之徒也。”

⑳“戎狄是膺”三句:见《诗经·鲁颂·閟宫》。戎狄,我国古代北方的两个民族。膺,打击。荆舒,两个国名。承,抵挡。

(史煦光)

齐人有一妻一妾[1]

【题解】

本文借齐人乞食于坟墓间、归而骄其妻妾的可笑行径,讽刺不择手段追求富贵名利并以此骄人的丑类。文中重叠之处,生动传神;简略之处,干净利落。

齐人有一妻一妾而处室者[2],其良人出[3],则必餍酒肉而后反[4]。其妻问所与饮食者[5],则尽富贵也。其妻告其妾曰:“良人出,则必餍酒肉而后反;问其与饮食者,尽富贵也,而未尝有显者

① 选自《孟子·离娄下》。 ② 处室:同住一室。 ③ 良人:远古妇女对自己丈夫的称呼。 ④ 餍(yàn):吃饱。 ⑤ 所与饮食者:同那些一道吃喝的人。

来。吾将瞷良人之所之也[⑥]。”

蚤起[⑦]，施从良人之所之[⑧]，遍国中无与立谈者[⑨]。卒之东郭墦间[⑩]，之祭者，乞其余；不足，又顾而之他。此其为餍足之道也。

其妻归，告其妾，曰：“良人者，所仰望而终身也，今若此！”与其妾讪其良人[⑪]，而相泣于中庭，而良人未之知也。施施从外来[⑫]，骄其妻妾。

由君子观之，则人之所以求富贵利达者，其妻妾不羞也，而不相泣者，几希矣。

---

⑥ 瞷（jiàn）：窥视。 ⑦ 蚤：通“早”。 ⑧ 施（yí）：通“迤”，斜行。 ⑨“遍国中”句：意为全城没有站着同他谈话的人。 ⑩ 卒：最后。郭：外城。墦（fán）：坟墓。 ⑪ 讪（shàn）：怨恨，嘲笑。 ⑫ 施施：喜悦自得状。

（史煦光）

舜发于畎亩之中[①]

【题解】

本篇阐明“生于忧患，死于安乐”的生活哲理，实为千古不刊之论。开篇一连列举六位古代贤者在困难忧患中崛起的事实，证明人们在不断克服困难、求得生存的过程

---

① 选自《孟子·告子下》。

中能够增长才干，坚定意志，然后从个人推论到国家，最后点明主题。全文论据充分，论述精要，章法井然，值得揣摩。

孟子曰："舜发于畎亩之中②，傅说举于版筑之间③，胶鬲举于鱼盐之中④，管夷吾举于士⑤，孙叔敖举于海⑥，百里奚举于市⑦。故天将降大任于是人也⑧，必先苦其心志，劳其筋骨，饿其体肤，空乏其身⑨，行拂乱其所为⑩，所以动心忍性⑪，曾益其所不能⑫。人恒过⑬，然后能改；困于心⑭，衡于虑⑮，而后作；征于色⑯，发于声，而后喻⑰。入则无法家拂士⑱，出则无敌国外患者⑲，国恒亡。然后知生于忧患，而死于安乐也。"

---

②"舜发于"句：传说舜曾在历山耕田，三十岁才被尧起用。发，起。畎(quǎn)，田间的水沟。亩，田垄。畎亩连用泛指田野。 ③ 傅说(yuè)：殷武丁时的宰相。版筑：古人筑墙，用两版相夹，实土于其中，以杵筑之。 ④ 胶鬲(gé)：殷纣时贤臣，最初贩卖鱼盐，周文王举荐于纣，后又傅佐周武王。 ⑤ 管夷吾：管仲。举于士：指从狱官手里被释放并被举用。士，狱官。 ⑥ 孙叔敖：春秋时楚人，隐居海滨，后楚庄王举以为相。 ⑦ 百里奚：春秋时虞人，曾在楚国为奴。秦穆王知其才能，用五张羊皮把他赎到秦国，举以为相。举于市：从奴隶市场上被举拔。 ⑧ 大任：重大任务。 ⑨ 空乏其身：使他身受贫穷之苦。 ⑩ 拂：违背。乱：扰乱。 ⑪ 动心：使心惊动。忍：坚强。 ⑫ 曾：同"增"。 ⑬ 人恒过：人常犯错误。 ⑭ 困：苦苦思索。 ⑮ 衡：同"横"，梗塞。 ⑯ 征：察验。色：脸色。 ⑰ 喻：了解。 ⑱ 拂(bì)：同"弼"，匡正过失。拂士：能直谏匡过的臣子。 ⑲ 出：指国外。

（史煦光）

庄周(约前369—约前286)　战国时期思想家,老子之后的道家学派代表人物。战国宋国蒙(今河南商丘东北)人。曾任蒙漆园吏,后拒绝楚威王的礼聘,终身不仕。曾周游齐、魏等国。今传《庄子》一书,系庄周及其后学所撰。其文想象奇特,辞采瑰丽,汪洋恣肆,机趣横生,极富浪漫主义特色,对后代散文影响深远。

逍遥游(节选)[①]

【题解】

逍遥,即无拘无束、恬适自得的样子。庄周认为,理想的人生,应该“无待”,摆脱人对外物的一切对立和依赖,将主体完全消融在自然之中,自由自在地逍遥遨游。为了论证这种境界,文章采用譬喻手法,先扬后抑,层层铺垫,指出大至鲲鹏,小至斥鴳,乃至朝菌、尘埃等世界万物,以及知效一官者流,宋荣子、列子等各色人等,虽大小有别,物性各异,修养也有高低浅深的不同,但他们在本质上全都一样,都是“有待”,远未达到“无待”的境界。只有做到“无己”“无功”“无名”,才能“游无穷”,真正达到“逍遥游”的精神境界。全文凭空嘘气,意致高远,读来使人有凌虚御风之感。

北冥有鱼[②],其名为鲲[③]。鲲之大,不知其几千里也;化而为鸟,其名为鹏。鹏之背,不知其几千里也;怒而飞[④],其翼若垂天之云[⑤]。是鸟也,海运则将徙于南冥[⑥]。南冥者,天池也[⑦]。

---

① 选自《庄子集释》。 ② 冥:一本作“溟”,大海。 ③ 鲲:大鱼。 ④ 怒而飞:展翅奋飞。 ⑤ 垂天:天边。 ⑥ 海运:海翻腾动荡。海运必有大风,鹏可乘风南飞。 ⑦ 天池:

《齐谐》者⑧，志怪者也⑨。《谐》之言曰："鹏之徙于南冥也，水击三千里⑩，抟扶摇而上者九万里⑪，去以六月息者也⑫。"野马也，尘埃也，生物之以息相吹也⑬。天之苍苍，其正色邪？其远而无所至极邪⑭？其视下也，亦若是则已矣⑮。

且夫水之积也不厚，则其负大舟也无力⑯。覆杯水于坳堂之上⑰，则芥为之舟⑱，置杯焉则胶⑲，水浅而舟大也。风之积也不厚，则其负大翼也无力。故九万里则风斯在下矣，而后乃今培风⑳；背负青天而莫之夭阏者㉑，而后乃今将图南㉒。

蜩与鸴鸠笑之曰㉓："我决起而飞㉔，抢榆枋㉕，时则不至而控于地而已矣㉖，奚以之九万里而南为㉗？"适莽苍者㉘，三飡而反㉙，腹犹果然㉚；适百里者，宿舂粮㉛；适千里者，三月聚粮㉜。之二虫

言南海乃天然形成。⑧《齐谐》：书名，出于齐国。⑨ 志：记述。⑩ 击：拍打。三千里：非实指，极言远；下句"九万里"同，极言高。⑪ 抟（tuán）：环绕。扶摇：旋风。⑫"去以六月"句：说大鹏乘着六月的大风飞去的。息，指风。⑬"野马"三句：野马似的雾气，空中飞扬的尘埃，都是被生物的气息所吹拂而飘荡。野马，指春日野外林泽中的雾气。息，气息。⑭"天之苍苍"三句：天上的深蓝色，究竟是它真正的颜色呢，还是由于高远而没有边际的缘故呢？⑮"其视下也"两句：言鹏从高空往下看，同人在地上望苍天一样，都难以得其真相。⑯ 负：承载。⑰ 坳（ào）堂：堂上低洼之处。⑱ 芥：小草。⑲ 胶：粘着，指杯子浮不起来。⑳ 而后乃今：即"今而后乃"。培：凭借。㉑ 夭阏（è）：阻拦。㉒ 图南：打算向南飞。㉓ 蜩（tiáo）：蝉。鸴（xué）鸠：斑鸠。㉔ 决（xuè）起：迅速飞起。㉕ 抢（qiāng）：突，冲上。枋（fāng）：檀木。㉖ 时则不至：有时可能还飞不到那么高。则，犹"或"。控：投。㉗ 奚以……为：为何要……呢？㉘ 适：往。莽苍：郊野景色，意为郊外。㉙ 飡：餐。㉚ 果然：饱，充实的样子。㉛ 宿舂粮：隔夜捣米准备干粮。㉜ 三月聚粮：花三个月准备粮食。

又何知[33]！

小知不及大知[34]，小年不及大年[35]。奚以知其然也？朝菌不知晦朔[36]，蟪蛄不知春秋[37]，此小年也。楚之南有冥灵者[38]，以五百岁为春，五百岁为秋；上古有大椿者[39]，以八千岁为春，八千岁为秋。而彭祖乃今以久特闻[40]，众人匹之[41]，不亦悲乎！

汤之问棘也是已[42]。穷发之北有冥海者[43]，天池也。有鱼焉，其广数千里，未有知其修者[44]，其名为鲲。有鸟焉，其名为鹏，背若太山，翼若垂天之云，抟扶摇羊角而上者九万里[45]，绝云气[46]，负青天，然后图南，且适南冥也。斥鴳笑之曰[47]："彼且奚适也？我腾跃而上，不过数仞而下[48]，翱翔蓬蒿之间，此亦飞之至也。而彼且奚适也？"此小大之辩也[49]。

故夫知效一官[50]，行比一乡[51]，德合一君[52]，而徵一国者[53]，其自视也亦若此矣。而宋荣子犹然笑之[54]。且举世而誉之而不加劝[55]，

㉝ 之二虫：指蜩与鸴鸠。 ㉞ 知：同"智"。 ㉟ 小年：短寿。大年：长寿。 ㊱ 朝菌：朝生暮死的一种菌。晦：黑夜。朔：平明。 ㊲ 蟪蛄：寒蝉，此蝉春生夏死，或夏生秋死。春秋：指一年。 ㊳ 冥灵：古树名。 ㊴ 椿（chūn）：香椿树。 ㊵ 彭祖：传说中活了八百岁的人。久：长寿。特：独特，突出。 ㊶ 匹之：和他相比。 ㊷ 汤：商汤，商朝的建立者。棘：夏革，商大夫，汤的老师。 ㊸ 穷发：不毛之地。 ㊹ 修：长。 ㊺ 羊角：喻旋风的形状。 ㊻ 绝：超越。 ㊼ 斥鴳（yàn）：生活在小水池边的鸟。斥，古与"尺"通。 ㊽ 仞：八尺，一说七尺。 ㊾ 辩：通"辨"，区别。 ㊿ 效：胜任。一官：一种官职。 [51] 行：品行。比：同"庇"，庇护。 [52] 合：投合。 [53] 而：通"能"，能力。徵：信，取信。 [54] 宋荣子：先秦思想家宋钘（jiān）。犹然：微笑自得之貌。 [55] 举世：整个社会。

举世而非之而不加沮，定乎内外之分[56]，辩乎荣辱之境[57]，斯已矣。彼且于世未数数然也[58]。虽然，犹有未树也[59]。夫列子御风而行[60]，泠然善也[61]，旬有五日而后反。彼于致福者[62]，未数数然也。此虽免乎行，犹有所待者也[63]。若夫乘天地之正[64]，而御六气之辩[65]，以游无穷者[66]，彼且恶乎待哉[67]！故曰：至人无己[68]，神人无功[69]，圣人无名[70]。

㊻ 定：确定。内：指内心修养。外：指为国任事。 ㊼ 境：界限。以上四句写宋荣子的修养程度。 ㊽ 未数数(shuò)然：不常有，不常见这样的人。 ㊾ 树：立。 ㊿ 列子：列御寇，郑国人，属道家。相传列子曾遇风仙，习法术，能乘风而行。 61 泠然：轻妙的样子。善：指御风的技术很好。 62 致福者：得到这种御风之福的人。 63 有所待：有所依赖，言列子虽免步行，尚需依赖风而行，未达绝对自由的境界。 64 正：指自然的本性。 65 六气：指阴、阳、风、雨、晦、明。辩：变。 66 无穷：无边无际、无始无终的空间和时间。 67 恶(wū)乎待：何所待。 68 无己：任天顺物，忘其自我。 69 无功：不求有功。 70 无名：不求名位。

（侯毓信）

胠　箧（节选）[1]

【题解】

战国时代，战争频仍，社会动乱，民不聊生。统治者尔虞我诈，巧伪百端，蒙骗天下。作者认为，这种社会现象全由统治者提倡仁义礼乐所致，这种以圣智为代表的人为的政

---

① 选自《庄子集释》。

治制度和道德标准是统治者玩弄的权术，只能启奸诈而乱天下。本文即是对统治阶级本质的深刻揭露。而改变这种现象的途径就是“绝圣弃智”，提倡任乎自然，返璞归真。本文愤世嫉俗，有感而发，虽言辞过激，其治世药方未必为祛病良剂，而剖析之深邃，确能收到惊世骇俗的功效。文章气势磅礴，仪态万方，有充溢瑰玮恣纵之美。

将为胠箧、探囊、发匮之盗而为守备②，则必摄缄縢③，固扃鐍④，此世俗之所谓知也⑤。然而巨盗至，则负匮、揭箧、担囊而趋⑥，唯恐缄縢、扃鐍之不固也。然则乡之所谓知者⑦，不乃为大盗积者也⑧？

故尝试论之，世俗之所谓知者，有不为大盗积者乎？所谓圣者，有不为大盗守者乎？何以知其然邪？昔者齐国邻邑相望⑨，鸡狗之音相闻，罔罟之所布⑩，耒耨之所刺⑪，方二千余里。阖四竟之内⑫，所以立宗庙社稷⑬，治邑屋州闾乡曲者⑭，曷尝不法圣人哉⑮！然而田成子一旦杀齐君而盗其国⑯，所盗者岂独其国邪？并与其圣知之法而盗之⑰。故田成子有乎盗贼之名，而身处尧舜之安；小国

② 胠(qū)：撬开。箧(qiè)：箱子。探囊：掏摸袋子。发匮：打开柜子。这三种都是盗窃行为。③ 摄：绑紧。缄、縢：均为绳子。④ 扃鐍(jiōng jué)：关钮，锁钥，指箱箧前面的装锁处。⑤ 知：同“智”。⑥ 揭：举起。⑦ 乡：通“向”，先前。⑧ 积：意为作准备。也：同“邪”。⑨ 邻邑相望：城邑连接，彼此都能望见。⑩ 罔(wǎng)：鸟网。罟(gǔ)：鱼网。布：设置。⑪ 耒(lěi)：犁上的木把。耨：锄草的工具。耒耨：泛指农具。刺：插。⑫ 阖(hé)：总合。竟：通“境”。⑬ 宗庙：国君祭祖之处。社稷：国君祭祀土神、谷神之处。均用作国家的象征。⑭ 治：经营，规划。邑屋州闾：古代划分地区界域的名称。乡曲：偏僻的乡村。⑮ 法：效法。⑯ 田成子：田常，亦称陈恒，春秋时齐国大夫。齐简公四年(前481)，杀简公，立简公弟骜为齐平公，任相国，专国政。⑰ “并与”句：因田成子篡齐时，打着遵循圣人礼制法度的旗号，故说他连圣人的礼法制度也偷取了。

不敢非[18]，大国不敢诛，十二世有齐国[19]。则是不乃窃齐国并与其圣知之法，以守其盗贼之身乎？

尝试论之，世俗之所谓至知者，有不为大盗积者乎？所谓至圣者，有不为大盗守者乎？何以知其然邪？昔者龙逢斩[20]，比干剖[21]，苌弘胣[22]，子胥靡[23]，故四子之贤而身不免乎戮。故跖之徒问于跖曰[24]："盗亦有道乎？"跖曰："何适而无有道邪[25]！夫妄意室中之藏[26]，圣也[27]；入先[28]，勇也；出后[29]，义也；知可否[30]，知也；分均[31]，仁也。五者不备而能成大盗者，天下未之有也。"由是观之，善人不得圣人之道不立[32]，跖不得圣人之道不行；天下之善人少而不善人多，则圣人之利天下也少而害天下也多。故曰，唇竭则齿寒[33]，鲁酒薄而邯郸围[34]，圣人生而大盗起。掊击圣人[35]，纵舍盗贼[36]，而天下始治矣。夫川竭而谷虚[37]，丘夷而渊实[38]。圣人已死，则大盗不起，天

---

⑱ 非：非议。⑲ 十二世：从田成子篡权到齐国最后一个国君齐王建共十二代。⑳ 龙逢(páng)：夏桀时贤臣关龙逢，因多次直谏，为桀所杀。㉑ 比干：商纣王叔父，因屡谏纣王，被剖心而死。㉒ 苌弘：周敬王大夫。胣(chǐ)：车裂之刑。苌弘被周人所杀，传说其死后，因怨气不伸，血三年化为碧玉。㉓ 子胥：伍员。靡：同"縻"，縻烂，粉碎。言吴王夫差杀死伍子胥，浮尸于江，使之縻烂粉碎。㉔ 跖(zhì)：春秋时期著名大盗。㉕"何适"句：意为无论做什么事，都是有法则的。㉖ 妄意：推测。㉗ 圣：英明。㉘ 入先：冒险抢先进去。㉙ 出后：最后一个撤离。㉚ 知可否：事先就能分析成功与否。㉛ 分均：平均分配赃物。㉜ 立：成功。㉝ 竭：亡。㉞"鲁酒"句：楚宣王朝会各国诸侯，鲁恭公后至，且献上的酒味道不浓，楚宣王发怒，出兵攻鲁。梁惠王早想出兵攻赵国，但害怕楚国援赵，见楚出兵攻鲁无暇顾及赵国，便出兵包围了赵国都邯郸。连上句意在说明事物之间有相互关联的因果关系。㉟ 掊(pǒu)击：抨击。㊱ 纵舍：放走。㊲"川竭"句：河水干涸，山谷也就空了。㊳"丘夷"句：高山被削平，山旁的深渊就会被土填满。

下平而无故矣。

圣人不死，大盗不止。虽重圣人而治天下[39]，则是重利盗跖也。为之斗斛以量之[40]，则并与斗斛而窃之；为之权衡以称之[41]，则并与权衡而窃之；为之符玺以信之[42]，则并与符玺而窃之；为之仁义以矫之[43]，则并与仁义而窃之。何以知其然邪？彼窃钩者诛[44]，窃国者为诸侯，诸侯之门而仁义存焉[45]。则是非窃仁义圣知邪[46]？故逐于大盗[47]，揭诸侯[48]，窃仁义并斗斛权衡符玺之利者，虽有轩冕之赏弗能劝[49]，斧钺之威弗能禁[50]。此重利盗跖而使不可禁者，是乃圣人之过也。

故曰："鱼不可脱于渊[51]，国之利器不可以示人[52]。"彼圣人者，天下之利器也，非所以明天下也[53]。故绝圣弃知，大盗乃止；擿玉毁珠[54]，小盗不起；焚符破玺，而民朴鄙[55]；掊斗折衡，而民不争；殚残天下之圣法[56]，而民始可与论议[57]。擢乱六律[58]，铄绝竽瑟[59]，塞瞽旷之

㊴ 重：意为尊重。下句"重"，意为加倍。 ㊵ 斛(hú)：十斗。 ㊶ 权：秤锤。衡：秤杆。 ㊷ 符：符契，木、竹或铜制成，剖为两片，合而成一，双方各执一片作凭据以保证信用。玺：印信。 ㊸ 矫：纠正。 ㊹ 钩：衣带钩，此处泛指一般不值钱的东西。 ㊺ "诸侯之门"句：意为有权有势的诸侯，都以仁义自我标榜。 ㊻ 则是非：犹言"那岂非"。 ㊼ 逐于大盗：效法大盗。逐，追随。 ㊽ 揭诸侯：被封为诸侯。揭，举。 ㊾ 轩冕之赏：指许以高官厚禄。轩，贵族的车子。冕，贵族的礼冠。劝：鼓励。 ㊿ 斧钺之威：指严刑峻法。钺(yuè)，兵器。 51 鱼不可脱于渊：因鱼脱离水就易被捉，故云。 52 国之利器：指圣人的法制。不可示人：因公开向人宣示，就会被大盗利用，故云。以上两句引自《老子》。 53 明：作"示"解。 54 擿(zhì)：同"掷"，抛弃。 55 朴鄙：纯朴。 56 殚(dān)残：彻底毁弃。 57 论议：指谈论真理。 58 擢(zhuó)乱：搅乱。六律：指音律。 59 铄(shuò)：销毁。竽瑟：古代两种乐器。

耳[60]，而天下始人含其聪矣[61]；灭文章[62]，散五采，胶离朱之目[63]，而天下始人含其明矣；毁绝钩绳而弃规矩，攦工倕之指[64]，而天下始人有其巧矣。故曰："大巧若拙。"削曾、史之行[65]，钳杨、墨之口[66]，攘弃仁义[67]，而天下之德始玄同矣[68]。彼人含其明，则天下不铄矣；人含其聪，则天下不累矣[69]；人含其知，则天下不惑矣；人含其德，则天下不僻矣[70]。彼曾、史、杨、墨、师旷、工倕、离朱，皆外立其德而以爚乱天下者也[71]，法之所无用也[72]。

---

⑥⓪ 瞽旷：师旷，春秋时期晋国乐师，盲人。据说他善于审辨音律，以占吉凶。 ⑥① 含：含有，保全。聪：灵敏的听觉。 ⑥② 文章：此泛指文采。 ⑥③ 胶：粘住。离朱：一名离娄，相传是古代视力最好的人。 ⑥④ 攦(lì)：折断。工倕：相传尧时的著名工匠。 ⑥⑤ 削：除去。曾：曾参，孔子弟子。史：史鱼，卫灵公时的直臣。二人均以仁孝闻名。 ⑥⑥ 钳：闭。杨：杨朱。墨：墨翟。二人皆为先秦著名思想家，善辩。 ⑥⑦ 攘：排斥。 ⑥⑧ 玄同：混同为一。 ⑥⑨ 累：忧患。 ⑦⓪ 僻：邪恶。 ⑦① 外立其德：夸耀自己的才能品德于外表。爚(yuè)：本指火花飞散，此处"爚乱"作"迷乱"解。 ⑦② 法之所无用：从大道(法)的角度看，这些人都是无用的。

（侯毓信）

秋　水(节选)[1]

【题解】

本篇前段以北海若与河伯对话的形式，阐述了庄子的万物齐一、天内人外的道家

---

① 选自《庄子集释》。

思想。全文贯穿着庄子独具的浪漫主义色彩和浓郁的诗意。庄子善于运用寓言表达思想，化抽象议论于具体艺术形象之中。文中所写“曳尾涂中”“鸱吓鹓鶵”，成了后人常用的典故。最后写“濠上之辩”一段，意境优美，神韵不匮，更是脍炙人口。

秋水时至，百川灌河，泾流之大[②]，两涘渚崖之间[③]，不辩牛马[④]。于是焉河伯欣然自喜[⑤]，以天下之美为尽在己。顺流而东行，至于北海，东面而视，不见水端，于是焉河伯始旋其面目，望洋向若而叹曰[⑥]：“野语有之曰[⑦]：‘闻道百，以为莫己若’者[⑧]，我之谓也。且夫我尝闻少仲尼之闻而轻伯夷之义者[⑨]，始吾弗信；今我睹子之难穷也，吾非至于子之门则殆矣[⑩]，吾长见笑于大方之家[⑪]。”

北海若曰：“井蛙不可以语于海者，拘于虚也[⑫]；夏虫不可以语于冰者[⑬]，笃于时也[⑭]；曲士不可以语于道者[⑮]，束于教也[⑯]。今尔出于崖涘，观于大海，乃知尔丑[⑰]，尔将可与语大理矣[⑱]。天下之水，莫大于海，万川归之，不知何时止而不盈[⑲]；尾闾泄之[⑳]，不知何时已而

② 泾：同“径”，直流的水波。 ③ 涘：水边。渚：水中可居之处。崖：高的河岸。 ④ 辩：通“辨”。 ⑤ 河伯：河神。 ⑥ 望洋：仰视貌。若：海神名，即下文的“北海若”。 ⑦ 野语：俗语。 ⑧ “闻道百”两句：意为听到过许许多多道理，就以为自己知道得很多，觉得谁也不如自己。 ⑨ 少：作动词用，有“嫌少”之意。仲尼之闻：指孔子所知道的学问。伯夷之义：周武王伐纣，伯夷和叔齐认为以臣弑君，不义，故隐于首阳山，不食周粟而饿死。 ⑩ “吾非”句：意为自己如果不是见到北海，永远自高自大下去，结果是很可怕的。殆，危险。 ⑪ 大方之家：极有修养的人。方，道。 ⑫ 拘：拘束，局限。虚：同“墟”，所居之处。 ⑬ 夏虫：指只在夏季生存的昆虫。 ⑭ 笃：固。引申为“限制”。 ⑮ 曲士：乡曲之士，即浅见寡闻的人。 ⑯ 束：拘束。 ⑰ 丑：鄙陋，低劣。 ⑱ 大理：大道理。 ⑲ 不盈：指大海不会因万川之归而盈溢。 ⑳ 尾闾：传说为海底泄水之处。

不虚；春秋不变，水旱不知。此其过江河之流，不可为量数。而吾未尝以此自多者，自以比形于天地而受气于阴阳[21]，吾在于天地之间，犹小石小木之在大山也，方存乎见少[22]，又奚以自多！计四海之在天地之间也，不似礨空之在大泽乎[23]？计中国之在海内，不似稊米之在大仓乎[24]？号物之数谓之万，人处一焉；人卒九州[25]，谷食之所生，舟车之所通，人处一焉[26]；此其比万物也，不似豪末之在于马体乎[27]？五帝之所连[28]，三王之所争[29]，仁人之所忧，任士之所劳[30]，尽此矣[31]。伯夷辞之以为名，仲尼语之以为博，此其自多也[32]，不似尔向之自多于水乎？"

河伯曰："然则吾大天地而小豪末，可乎？"

北海若曰："否。夫物，量无穷，时无止，分无常[33]，终始无故[34]。是故大知观于远近[35]，故小而不寡，大而不多，知量无穷；证向今故[36]，故遥而不闷[37]，掇而不跂[38]，知时无止；察乎盈虚[39]，故得而不

㉑ 自以：自知。比形：具形。此句意为我自知是自然的产物，由天地赋予我形貌，并且禀受阴阳之气。 ㉒"方存乎"句：意为我正以为自己所见太少。 ㉓ 礨(lěi)空：蚁穴。大泽：旷野。 ㉔ 稊(tí)：细小的米粒。 ㉕ 卒九州：整个九州。 ㉖ 人处一焉：上面"人处一焉"，以人类对万物言；这里以一人对众人言。 ㉗ 豪末：动物身上毫毛的末梢。豪，同"毫"。 ㉘ 五帝：黄帝、颛顼、帝喾、唐尧、虞舜。连：连续，指五帝禅让之事。 ㉙ 三王：指夏禹、商汤及周文王。 ㉚ 任士：指以天下为己任的贤能之士。以上四句中所连、所争、所忧、所劳的对象，都指天下而言。 ㉛ 此：即上文所说的"豪末"。 ㉜ 自多：自满。 ㉝ 分无常：得失之分没有一成不变的规律。 ㉞ 终始：指事物的因果关系。故："居"的假借字，犹言"一定"。 ㉟ 知：同"智"。观于远近：看事物不拘于片面，而是观察全面。 ㊱ 向今：今昔。故：事。此句言求证于古今的事情。 ㊲ 遥：远。闷：犹"昧"。此句言以今事证古事，虽遥远而明白。 ㊳ 掇：拾取。跂：通"企"。此句言虽近而有不可企及的。 ㊴ 盈虚：指天道有盈有亏。

喜，失而不忧，知分之无常也；明乎坦涂[40]，故生而不说[41]，死而不祸，知终始之不可故也。计人之所知，不若其所不知；其生之时，不若未生之时；以其至小求穷其至大之域[42]，是故迷乱而不能自得也。由此观之，又何以知豪末之足以定至细之倪，又何以知天地之足以穷至大之域[43]！”

河伯曰：“世之议者皆曰：‘至精无形，至大不可围[44]。’是信情乎[45]？”

北海若曰：“夫自细观大者不尽[46]，自大视细者不明[47]。夫精，小之微也[48]；垺[49]，大之殷也[50]；故异便[51]。此势之有也。夫精粗者，期于有形者也；无形者，数之所不能分也；不可围者，数之所不能穷也。可以言论者，物之粗也；可以意致者，物之精也；言之所不能论，意之所不能察致者，不期精粗焉。是故大人之行[52]，不出乎害人，不多仁恩[53]；动不为利，不贱门隶[54]；货财弗争，不多辞让；事焉不借人[55]，不

---

⑩ 坦涂：大道。 ⑪ 说：通“悦”。 ⑫ 至小：指有限的、微不足道的人生与知识。至大之域：指未生之时、未知之事。 ⑬ “又何以知”两句：言因毫末不算最小，天地不算最大，故不能用他们作为最小与最大的标准。倪：界限，标准。 ⑭ “至精无形”两句：意为最小的东西，就看不到它的形体；最大的东西，外面再也不能有东西能够包围它。 ⑮ 信：实。 ⑯ “夫自细”句：从细小之物的观点去看巨大之物，是看不到它全貌的。 ⑰ “自大”句：从大物的观点来看细小之物，也是看不清楚的。 ⑱ 小之微：小物之中最微小的。 ⑲ 垺（fú）：恢廓。 ⑳ 殷：大。 ㉑ 异便：此言无论大者视小或小者视大，它们都认为是不便的。 ㉒ 大人：《逍遥游》所谓的“至人”。 ㉓ “不出乎害人”两句：意谓大人的行为任天而行，不会做对人有害的事，也不会施仁恩於人类。 ㉔ “动不为利”两句：行动并非有利于人，但也不鄙视地位低贱的人。 ㉕ 事焉不借人：凡事不求助于人。

多食乎力[56]，不贱贪污[57]；行殊乎俗，不多辟异；为在从众，不贱佞谄；世之爵禄不足以为劝，戮耻不足以为辱；知是非之不可为分，细大之不可为倪[58]。闻曰：'道人不闻[59]，至德不得[60]，大人无己。'约分之至也[61]。"

河伯曰："若物之外[62]，若物之内，恶至而倪贵贱？恶至而倪小大[63]？"

北海若曰："以道观之，物无贵贱；以物观之，自贵而相贱；以俗观之，贵贱不在己。以差观之[64]，因其所大而大之，则万物莫不大；因其所小而小之，则万物莫不小。知天地之为稊米也，知毫末之为丘山也，则差数睹矣[65]。以功观之，因其所有而有之[66]，则万物莫不有；因其所无而无之[67]，则万物莫不无。知东西之相反而不可以相无，则功分定矣。以趣观之[68]，因其所然而然之[69]，则万物莫不然；因其所非而非之，则万物莫不非；知尧桀之自然而相非，则趣操睹矣。

"昔者尧、舜让而帝，之、哙让而绝[70]；汤、武争而王[71]，白公争而

---

[56] 不多：不以……为可贵。 [57] 不贱：不以……为可鄙。 [58] "细大"句：细小和巨大的标准是无法定立的。 [59] 道人：体道之人，悟道之人。不闻：不求闻达。 [60] 至德不得：修养最高的人不计得失，即使有得，亦不居之。 [61] 约：收敛，引申为"提高"。分：得失之分，引申为"对客观事物的看法和感情"。 [62] 物之外：物的表面现象。下句"物之内"，即物的内在性质。 [63] "恶至而倪"两句：言如何才是断定物之贵贱大小的标准。 [64] 差：物与物之间的差别。 [65] 差数睹：言物与物之间尽管数量不同，其大小之理却可从而窥见。 [66] 有：有用。 [67] 无：不足。 [68] 趣：同"趋"，倾向，立场。 [69] 然：犹"是"。 [70] "之、哙"句：战国燕王哙十分信任国相子之，公元前316年他学习尧舜，把王位让给子之。燕人不服，大乱。齐国乘机伐燕，杀哙与子之。燕国差点灭亡。 [71] "汤武"句：商汤王伐夏桀，周武王伐商纣，都争得了王位。

灭[72]。由此观之，争让之礼，尧桀之行，贵贱有时，未可以为常也。梁丽可以冲城[73]，而不可以窒穴[74]，言殊器也[75]；骐骥、骅骝一日而驰千里[76]，捕鼠不如狸狌[77]，言殊技也；鸱鸺夜撮蚤[78]，察毫末，昼出瞋目而不见丘山[79]，言殊性也。故曰，盖师是而无非、师治而无乱乎[80]？是未明天地之理，万物之情者也。是犹师天而无地、师阴而无阳，其不可行明矣[81]！然且，语而不舍，非愚则诬也！帝王殊禅[82]，三代殊继，差其时[83]、逆其俗者，谓之篡夫；当其时、顺其俗者，谓之义之徒。默默乎河伯[84]，女恶知贵贱之门[85]，小大之家[86]！"

河伯曰："然则我何为乎，何不为乎？吾辞受趋舍[87]，吾终奈何？"

北海若曰："以道观之，何贵何贱，是谓反衍[88]；无拘而志，与道

---

⑫"白公"句：楚平王孙子白公胜用武力去争夺王位，结果招致灭亡。⑬丽：通"欐"，屋栋。梁栋是大木，故可以用来撞毁城墙。⑭窒：塞。穴：小孔。⑮殊器：不同的器物。⑯骐骥、骅骝(huá liú)：均为骏马。⑰狸：野猫。狌：鼬，即黄鼠狼。⑱鸱鸺(chī xiāo)：猫头鹰。撮：抓。蚤：跳蚤。⑲瞋目：张大眼睛。⑳"盖师是"两句：意为一个人怎能师心自用，固执己见，片面地相信有是而无非、有治而无乱呢？㉑"是犹师天"三句：天与地、阴与阳都是相对而又相依存的，不能信奉天就无视地，信奉阴就无视阳，所以说那种理论是行不通的。㉒殊禅：禅让的方式不同。㉓差其时：不合时机。㉔默默乎河伯：静一静吧河伯。即让河伯别乱说。㉕女：通"汝"。贵贱之门：指物理贵贱的关键。㉖小大之家：指物量大小的道理。㉗辞：拒绝。受：接受。趋：进取。舍：放弃。这句说河伯不知何去何从。㉘反衍：曼衍，合而为一之意。此句说贵贱打成一片，合为一体。

大蹇[89]。何少何多，是谓谢施[90]；无一而行[91]，与道参差[92]。严乎若国之有君[93]，其无私德；繇繇乎若祭之有社[94]，其无私福；泛泛乎其若四方之无穷，其无所畛域[95]。兼怀万物，其孰承翼[96]？是谓无方[97]。万物一齐，孰短孰长？道无终始，物有死生，不恃其成；一虚一满，不位乎其形[98]。年不可举[99]，时不可止；消息盈虚[100]，终则有始。是所以语大义之方[101]，论万物之理也。物之生也，若骤若驰[102]，无动而不变，无时而不移，何为乎，何不为乎？夫固将自化[103]。"

河伯曰："然则何贵于道邪？"

北海若曰："知道者必达于理，达于理者必明于权[104]，明于权者不以物害己。至德者，火弗能热，水弗能溺，寒暑弗能害，禽兽弗能贼。非谓其薄之也[105]，言察乎安危，宁于祸福[106]，谨于去就，莫之能害也。故曰：'天在内，人在外[107]，德在乎天。'知天人之行[108]，本乎天，位乎得[109]；蹢躅而屈伸[110]，反要而语极[111]。"

---

⑧⑨"无拘而志"两句：言不要拘滞你的心志，那样则将与大道难合且增加纷扰。而：同"尔"。蹇：困难，烦扰。 ⑨⓪"何少何多"两句：言不要轻视别人，也不要抬高自己，这就是所谓的谢施。谢施，犹委蛇，即与世周旋、顺时而动之意。 ⑨①一：偏于一面。 ⑨②参差：有出入。 ⑨③严：同"俨"，庄重貌。 ⑨④繇繇(yóu)：同"悠悠"，自得之貌。社：土地神。 ⑨⑤畛域：犹言成见。 ⑨⑥承：接受。翼：帮助。这句言没有谁专受帮助。 ⑨⑦方：偏袒。 ⑨⑧位：固执。形：现象。 ⑨⑨年：指过去的岁月。举：攀留。 ⑩⓪消：灭。息：生。 ⑩①大义之方：犹言大道之正理。 ⑩②若骤若驰：形容万物的生命过程非常迅速。 ⑩③自化：自行变化。 ⑩④权：变。 ⑩⑤薄：迫近，引申为触犯。此句意为，并非说至德之人故意去触犯水、火、禽兽。 ⑩⑥宁于祸福：冷静地对待祸福。 ⑩⑦"天在内"两句：天然之性蕴蓄于内心，适应人事体现在外表的行动上。 ⑩⑧天人：天与人，天性与人为。行：动，运动变化。⑩⑨"本乎天"两句：出乎自然，安于处境。 ⑪⓪蹢躅：进退不定之貌。 ⑪①反要而语及：言知道之人，能返本还源，掌握道的关

曰:“何谓天?何谓人?”

北海若曰:“牛马四足,是谓天[112];落马首[113],穿牛鼻,是谓人[114]。故曰:‘无以人灭天,无以故灭命,无以得殉名[115]。谨守而勿失[116],是谓反其真。’”

……

庄子钓于濮水[117],楚王使大夫二人往先焉[118],曰:“愿以境内累矣[119]!”

庄子持竿不顾,曰:“吾闻楚有神龟,死已三千岁矣,王巾笥而藏之庙堂之上[120]。此龟者,宁其死为留骨而贵乎?宁其生而曳尾于涂中乎[121]?”

二大夫曰:“宁生而曳尾涂中。”

庄子曰:“往矣!吾将曳尾于涂中。”

惠子相梁[122],庄子往见之。或谓惠子曰:“庄子来,欲代子相。”于是惠子恐,搜于国中三日三夜。

庄子往见之,曰:“南方有鸟,其名为鹓鶵[123],子知之乎?夫鹓

键所在,说出极高深的话。 ⑫ 是谓天:这是天然的禀赋。 ⑬ 落:通“络”,笼住。 ⑭ 人:人为。 ⑮“无以人灭天”三句:不要用人为去排除天性,不要用世事排除天命,不要出于得失的考虑而为功名作牺牲。 ⑯ 勿失:勿失上面所说的道理。 ⑰ 濮水:在今山东濮县。 ⑱ 楚王:楚威王。先:先去传达楚王的意见。 ⑲ 累:拖累,麻烦。此指请庄子为相的事。 ⑳ 笥(sì):竹箱。巾笥:装进竹箱,再用巾包起来。 ㉑ 曳:拖。涂:泥。 ㉒ 惠子:惠施(约前370—约前310),战国名家代表人物,宋国人,与庄子为友。 ㉓ 鹓鶵(yuān chú):像凤凰一类的鸟。

鶵,发于南海而飞于北海,非梧桐不止,非练实不食[124],非醴泉不饮[125]。于是鸱得腐鼠,鹓鶵过之,仰而视之曰:'嚇!'今子欲以子之梁国而嚇[126]我邪?"

庄子与惠子游于濠梁之上[127]。庄子曰:"鯈鱼出游从容[128],是鱼之乐也。"

惠子曰:"子非鱼,安知鱼之乐?"

庄子曰:"子非我,安知我不知鱼之乐?"

惠子曰:"我非子,固不知子矣;子固非鱼也,子之不知鱼之乐,全矣[129]。"

庄子曰:"请循其本[130]。子曰:'汝安知鱼乐'云者,既已知吾知之而问我,我知之濠上也[131]。"

---

⑫④ 练:或作"竹"字,指竹实,竹米。 ⑫⑤ 醴泉:甘美如甜酒的泉水。 ⑫⑥ 嚇(hè):怒声。 ⑫⑦ 濠:水名,在今安徽凤阳。梁:桥。 ⑫⑧ 鯈(tiáo)鱼:俗称苍条鱼,身窄小而有条纹。 ⑫⑨ 全矣:完全如此,意即无可辩驳。 ⑬⓪ 循:追溯。本:始,指惠子最初的话。 ⑬① 我知之濠上:宣颖注:"我游濠上而乐,则知鱼游濠下亦乐也。"

(侯毓信)

至　乐(节选)①

【题解】

庄子寓言中,创造了许多富于美感的艺术形象。有些作品,虽然塑造的是残缺丑陋的形象,如哀骀它、"瓮㼜大瘿"等,却也能产生极为强烈的艺术效果。本篇写庄子与髑髅对话,设想更加奇特,深刻表现了死的超然、解脱,在达观的表象后,蕴含着对污浊人间世的鄙弃与嘲弄。这是庄子运用丰富想象,借浪漫的艺术形式,来表现深邃哲理的又一生动作品。

庄子之楚,见空髑髅②,髐然有形③。撽以马捶④,因而问之曰:"夫子贪生失理⑤,而为此乎⑥?将子有亡国之事⑦,斧钺之诛,而为此乎?将子有不善之行,愧遗父母妻子之丑⑧,而为此乎?将子有冻馁之患,而为此乎?将子之春秋故及此乎⑨?"

于是语卒,援髑髅,枕而卧。夜半,髑髅见梦曰:"向子之谈者似辩士⑩。视子所言,皆生人之累也⑪,死则无此矣。子欲闻死之

---

① 选自《庄子集解》。 ② 髑髅(dú lóu):死人的头骨。 ③ 髐(xiāo)然:骨头空枯的样子。有形:保持原有的骨形。 ④ 撽(qiào):敲击。捶:通"箠(chuí)",鞭子。 ⑤ 贪生:过分追求人生欲望。失理:违反天理。 ⑥ 为此:到此地步。 ⑦ 将:还是。 ⑧ 遗(wèi):留给。此句意为羞愧地给父母妻子丢了脸。 ⑨ "将子之春秋"句:还是因为你年纪大了的缘故才死去呢? ⑩ 向:刚才。 ⑪ 累:拖累,负担。

说乎？”

庄子曰：“然。”

髑髅曰：“死，无君于上，无臣于下，亦无四时之事，从然以天地为春秋⑫，虽南面王乐，不能过也。”

庄子不信，曰：“吾使司命复生子形⑬，为子骨肉肌肤，反子父母、妻子、闾里、知识⑭，子欲之乎？”

髑髅深矉蹙頞曰⑮：“吾安能弃南面王乐而复为人间之劳乎！”

---

⑫ 从然：放纵自由的样子。从(zòng)，通“纵”。以天地为春秋：以天长地久作为我的无穷岁月。 ⑬ 司命：掌管世人生命的神。 ⑭ 反：通“返”，恢复。闾里：邻居。知识：熟识的朋友。 ⑮ 深矉蹙頞：紧皱着眉头。矉，同“颦”。頞，即“额”。

（侯毓信）

《楚辞》 西汉刘向所辑的一部辞赋总集。原收入屈原、宋玉以及汉代淮南小山、东方朔、王褒、刘向等人辞赋共十六篇。后王逸增入自己的《九思》,成十七篇。全书以屈原作品为主,其余也多承袭屈赋形式。这些作品一般都运用楚地方言和声韵,叙写楚地风土物产,具有浓厚的南方色彩,故称《楚辞》。后世称此种文体为“楚辞体”,或“骚体”。

卜　居[1]

【题解】

篇名“卜居”,意思是卜问自己居止行舍何去何从。本文的作者,王逸认为是屈原,但历来的研究者颇有异议。近人郭沫若认为可能是深知屈原生活和思想的楚人作品,是在屈原死后为悼念他而记载下来的有关传说。文章介于骚和赋之间。作者在是非邪正之间提出一连串互相截然对立的问题问卜求教,卜者竟无能为力。因为泾清渭浊,答案异常分明,可谓尽在不言中。文章用设疑法扬善诛恶,运用大量形象生动的比喻,颇具艺术魅力。

屈原既放[2],三年不得复见[3]。竭知尽忠,而蔽障于谗[4],心烦虑乱,不知所从。乃往见太卜郑詹尹曰[5]:“余有所疑,愿因先生决之[6]。”

---

① 选自《楚辞补注》。 ② 放:放逐。 ③ 复见:再次见到楚王。 ④ 蔽障于谗:被谗言所遮蔽。 ⑤ 太卜:官名,掌管卜卦的事。郑詹尹:人名。 ⑥ 因:靠。

詹尹乃端策拂龟[⑦]，曰："君将何以教之[⑧]？"屈原曰："吾宁悃悃款款朴以忠乎[⑨]？将送往劳来斯无穷乎？宁诛锄草茅以力耕乎[⑩]？将游大人以成名乎[⑪]？宁正言不讳以危身乎[⑫]？将从俗富贵以偷生乎？宁超然高举以保真乎[⑬]？将哫訾栗斯、喔咿嚅唲以事妇人乎[⑭]？宁廉洁正直以自清乎？将突梯滑稽、如脂如韦以絜楹乎[⑮]？宁昂昂若千里之驹乎[⑯]？将泛泛若水中之凫[⑰]，与波上下，偷以全吾躯乎？宁与骐骥亢轭乎[⑱]？将随驽马之迹乎？宁与黄鹄比翼乎[⑲]？将与鸡鹜争食乎[⑳]？此孰吉孰凶？何去何从？世溷浊而不清[㉑]：蝉翼为重，千钧为轻；黄钟毁弃[㉒]，瓦釜雷鸣[㉓]；谗人高张，贤士无名[㉔]。吁嗟默默兮，谁知吾之廉贞？"

詹尹乃释策而谢曰[㉕]："夫尺有所短，寸有所长；物有所不足，知有所不明；数有所不逮[㉖]，神有所不通。用君之心，行君之意。龟策诚不能知此事。"

---

⑦ 策：占卜用的蓍草。龟：占卜用的龟甲。 ⑧ 何以教之：有何见教？ ⑨ 悃(kǔn)悃款款：忠心耿耿、勤恳之状。 ⑩ 诛：治除。 ⑪ 游大人：游说诸侯。 ⑫ 正言不讳：直言不讳。 ⑬ 超然高举：洁身自好，远离世俗。保真：保全自己的本性和节操。 ⑭ 哫訾(zú zī)：阿谀奉承。栗斯：小心、谄媚之状。喔咿嚅(rú)唲(ér)：强颜欢笑，讨人欢心的样子。妇人：指楚怀王宠姬郑袖。屈原曾得罪郑袖，以至被谗。 ⑮ 突梯滑(gǔ)稽：油滑、模棱两可的样子。如脂如韦：柔软而无骨气。韦，柔软的熟皮革。絜楹：毁方为圆、磨光棱角。比喻趋炎附势，处世圆滑。 ⑯ 昂昂：气宇轩昂的样子。 ⑰ 凫(fú)：野鸭。 ⑱ 与骐骥亢轭：与千里马一块儿驾车。骐骥，千里马。亢，通"伉""抗"，匹敌。 ⑲ 黄鹄(hú)：天鹅。 ⑳ 鹜(wù)：家鸭。 ㉑ 溷(hùn)浊：混浊。 ㉒ 黄钟：古乐十二律之一，声调最为宏亮，代表堂堂正正之音。 ㉓ 瓦釜：用陶土烧成的锅，一说为一种粗劣的乐器。 ㉔ 高张：占据高位。 ㉕ 释策：放下蓍草。 ㉖ 数：术数，这里指占卦。逮：达到。

（史煦光）

渔　父[1]

【题解】

关于本文作者，王逸以为是屈原，近现代研究者多以为是屈原以后的楚人。文章通过屈原与渔父的问答，抨击了当时“世人皆浊”“众人皆醉”的黑暗现实；抒发了宁愿葬身鱼腹，也不愿同流合污的高洁情怀。也反映出屈原找不到出路的苦闷。本篇设为问答，反映了两种不同的思想境界，两相对照，不加臧否，让读者自己思考。

屈原既放，游于江潭[2]，行吟泽畔[3]；颜色憔悴[4]，形容枯槁[5]。渔父见而问之曰：“子非三闾大夫欤[6]？何故至于斯[7]？”

屈原曰：“举世皆浊我独清，众人皆醉我独醒，是以见放[8]。”

渔父曰：“圣人不凝滞于物[9]，而能与世推移[10]。世人皆浊，何不淈其泥而扬其波[11]？众人皆醉，何不餔其糟而啜其醨[12]？何故深思高举[13]，自令放为[14]？”

---

① 选自《楚辞补注》。 ② 江潭：泛指江湖之间。 ③ 行吟：且行且歌。泽畔：湖沼边。 ④ 颜色：脸色。 ⑤ 形容：形体容色。枯槁：瘦瘠，无血色。 ⑥ 三闾大夫：楚国官职名。屈原未放逐前任此职，掌王族昭、屈、景三姓事宜。 ⑦ 何故至于斯：怎么到了这个地步。 ⑧ 是以见放：因此被放逐。 ⑨ 凝滞：冻结不流，这里指固执不变。物：外物，指客观环境。 ⑩ 与世推移：随世俗进退。 ⑪ 淈（gǔ）：搅浑。扬其波：随波逐流。 ⑫ 餔（bǔ）：食，吃。糟：酒糟。醨（lí）：淡薄的酒。 ⑬ 深思：忧国忧民。高举：行为脱俗。 ⑭ 放：放逐。

屈原曰："吾闻之：新沐者必弹冠[15]，新浴者必振衣[16]，安能以身之察察[17]，受物之汶汶者乎[18]？宁赴湘流，葬于江鱼之腹中；安能以皓皓之白，而蒙世俗之尘埃乎？"

渔父莞尔而笑，鼓枻而去[19]。歌曰："沧浪之水清兮[20]，可以濯吾缨[21]；沧浪之水浊兮，可以濯吾足。"遂去，不复与言。

---

⑮ 沐：洗头。弹冠：弹去帽上的灰尘。 ⑯ 振衣：抖去衣上的尘土。 ⑰ 察察：洁白。 ⑱ 汶(mén)汶：污浊昏暗。 ⑲ 莞(wǎn)尔：微笑之状。鼓枻：划船。枻(yè)，楫，划船的用具。 ⑳ 沧浪：汉水之别称。 ㉑ 濯(zhuó)：洗。缨(yīng)：系帽的带子。

（史朐光）

宋玉(生卒年不详)　战国时期辞赋家。楚国鄢(今湖北宜城)人。或称是屈原的学生。能师承屈原,自成一家。做过楚顷襄王的文学侍臣,后被黜失职,落魄江湖,潦倒终生。其作品多写报国无门、怀才不遇的伤感。现存十三篇,除《九辩》外,其余作品的真伪,后人一直持有疑问。

风　　赋[①]

【题解】

这是一篇带有讽谕之意的赋体文。文中用对比的手法,将自然界的风分为雄风、雌风二种,以雄风"愈病析酲"和雌风"生病造热"的不同,反映了当时社会贫富悬殊、苦乐不均的状况,暗示楚王不恤民瘼,隐寓规谏之意。本文为最早出现的题名为赋的作品之一,其表现手法多用骈俪的词句、排比的句式,铺陈夸饰,特别是从视觉、听觉、嗅觉等各方面的感知,描写风的形态,生动形象,细腻入微。这种体裁从屈原开创的骚体变化而来,对后世的辞赋有很大影响。

楚襄王游于兰台之宫[②],宋玉、景差侍[③]。有风飒然而至,王乃披襟而当之[④],曰:"快哉此风!寡人所与庶人共者邪?"

宋玉对曰:"此独大王之风耳,庶人安得而共之!"

---

① 选自《文选》。② 楚襄王:顷襄王,楚怀王之子,名横。兰台之宫:宫苑名,故址在今湖北钟祥。③ 景差:楚大夫,以辞赋著称,今传《大招》一篇为其所作。④ 披襟而当之:敞开衣襟迎着清风。

王曰:"夫风者,天地之气,溥畅而至[5],不择贵贱高下而加焉,今子独以为寡人之风,岂有说乎?"

宋玉对曰:"臣闻于师,枳句来巢[6],空穴来风。其所托者然,则风气殊焉[7]。"

王曰:"夫风,始安生哉?"

宋玉对曰:"夫风,生于地,起于青蘋之末[8],侵淫溪谷[9],盛怒于土囊之口[10],缘太山之阿[11],舞于松柏之下,飘忽淜滂[12],激飏熛怒[13],耾耾雷声[14],回穴错迕[15],蹶石伐木[16],梢杀林莽[17]。至其将衰也,被丽披离[18],冲孔动楗[19],眴焕灿烂[20],离散转移[21]。故其清凉雄风[22],则飘举升降,乘凌高城[23],入于深宫。抵花叶而振气[24],徘徊于桂椒之间,翱翔于激水之上,将击芙蓉之精[25],猎蕙草[26],离秦蘅[27],概新夷[28],被

---

⑤ 溥(pǔ):普遍。畅:畅通。 ⑥ 枳(zhǐ):枳树,果实可作药。句:勾,弯曲,指树杈。来巢:飞鸟来作巢。 ⑦ "其所托"两句:言人的处境不同,所受的风也就不同了。 ⑧ 青蘋:大水萍。末:尖端。 ⑨ 侵淫:逐渐进入。 ⑩ 土囊:大山洞。 ⑪ 缘:沿着。太山:大山。阿:山凹。 ⑫ 淜(pīng)滂:风吹在物上的声音。 ⑬ 激飏(yáng):形容风声很大。熛怒:形容风势猛烈,就像怒火一般。熛(biāo),火飞貌。 ⑭ 耾耾(hóng):风声。 ⑮ 回穴:回旋。错迕(wù):错乱,风盘旋回翔貌。 ⑯ 蹶(juè)石:摇动石头。 ⑰ 梢杀:冲击。莽:丛草。 ⑱ 被丽披离:四散貌。形容风力四面分散。 ⑲ 冲孔动楗:意谓当风力小的时候,便只有钻越小孔、冲动门栓的力量了。楗,门闩。 ⑳ 眴(xuàn)焕灿烂:景物鲜明的样子。 ㉑ 离散转移:谓微风吹来,向四方轻轻飘散。 ㉒ 雄风:雄骏的风。宋玉认为楚王与一般百姓不同,楚王受到的是雄风,平民百姓受到的是雌风。 ㉓ 乘凌:上升。 ㉔ 抵:触动。振气:发散香气。 ㉕ 芙蓉之精:荷花。芙蓉,荷花。精,通"菁",花。 ㉖ 猎:掠过。 ㉗ 离:分开。秦蘅:秦地出产的杜衡。 ㉘ 概:通"溉",洗涤。新夷:辛夷。

荑杨[29]，回穴冲陵[30]，萧条众芳。然后徜徉中庭[31]，北上玉堂[32]，跻于罗帷[33]，经于洞房[34]，乃得为大王之风也。故其风中人[35]，状直憯凄惏栗[36]，清凉增欷[37]，清清泠泠，愈病析酲[38]，发明耳目，宁体便人[39]。此所谓大王之雄风也。"

王曰："善哉论事！夫庶人之风，岂可闻乎？"

宋玉对曰："夫庶人之风，塕然起于穷巷之间[40]，堀堁扬尘[41]，勃郁烦冤[42]，冲孔袭门，动沙堁，吹死灰，骇溷浊[43]，扬腐余[44]，邪薄入瓮牖[45]，至于室庐。故其风中人，状直憞溷郁邑[46]，驱温致湿，中心惨怛[47]，生病造热[48]，中唇为胗[49]，得目为蔑[50]，啗齰嗽获[51]，死生不卒[52]。此所谓庶人之雌风也。"

㉙ 被：同"披"，分开。荑杨：初生的杨树。 ㉚ 冲陵：冲击山岩。 ㉛ 徜徉：徘徊。中庭：庭院。 ㉜ 北上：古代宫殿坐北朝南，故风吹来称为北上。玉堂：宫殿的美称。 ㉝ 跻：升。 ㉞ 洞房：幽深的内屋。 ㉟ 中(zhòng)：作动词用，吹。 ㊱ 直：古通"特"字，作"特别"解。憯凄惏(lín)栗：均为寒冷的意思。憯，通"惨"。 ㊲ 欷：欷歔，叹息声，此作舒气解。此句言此风吹来，使人感到清凉，不禁痛快地舒了一口气。 ㊳ 析酲(chéng)：解酒。 ㊴ 宁体便人：使人身心安宁。 ㊵ 塕然：风刮起貌。 ㊶ 堀堁(kū kě)：突起尘土，指尘土飞扬。 ㊷ 勃郁烦冤：郁怒不平，形容风刮起尘土飞扬的情状。 ㊸ 骇：此作搅起解。溷浊：指污秽之气。 ㊹ 腐余：垃圾。 ㊺ 邪：偏斜。薄：迫近。瓮牖(yǒu)：像瓮口一样大的窗户。 ㊻ 憞(dūn)溷：怨恨心烦。 ㊼ 惨怛(dá)：忧伤痛苦。 ㊽ 造热：使人发烧。 ㊾ 胗(zhěn)：唇疮。 ㊿ 得目：碰到眼睛。蔑：通"䁾"，眼病。 (51) 齰(zé)：嚼。嗽：吮。获：通"嚄"，大叫。此句形容人被风吹后嘴唇颤动的形态。 (52) 死生不卒：不死不活。

（侯毓信）

高 唐 赋[1]

【题解】

本文写的是巫峡山水，名为《高唐赋》，实是《巫峡赋》，在文学史上，称得上是第一篇全力摹山范水的作品。赋中写高山、激流、密林、芳草、惊禽、危石，以及祠神、田猎，无不刻意形容，穷极工巧。此篇以及后面的《神女赋》，想象丰富，气势磅礴，意境深远，形象生动。语言变化尤多，文中有骈句，有散句，有俪语，有韵语，交错运用，辞藻纷披。最后以“思万方，忧国害”数句，点出作者的规谏之意。

昔者楚襄王与宋玉游于云梦之台[2]，望高唐之观[3]。其上独有云气，崪兮直上[4]，忽兮改容，须臾之间，变化无穷。王问玉曰：“此何气也？”玉对曰：“所谓朝云者也[5]。”王曰：“何谓朝云？”玉曰：“昔者先王尝游高唐[6]，怠而昼寝，梦见一妇人，曰：‘妾巫山之女也，为高唐之客，闻君游高唐，愿荐枕席[7]。’王因幸之[8]。去而辞曰：‘妾在巫山之阳[9]，高丘之阻。旦为朝云，暮为行雨。朝朝暮暮，阳台之下[10]。’旦朝视之，如言。故为立庙，号曰朝云。”王曰：“朝云始出，状

---

① 选自《文选》。 ② 云梦：古代大泽名，在今湖北。 ③ 高唐：观名。 ④ 崪(zú)：山岳高峻貌。 ⑤ 朝云：早晨的云气，此指巫山神女的化身。 ⑥ 先王：指楚怀王，名槐。 ⑦ 愿荐枕席：这是神女欲求亲昵之语。 ⑧ 幸：指楚王梦中与神女欢合。 ⑨ 阳：山南。 ⑩ 阳台：巫山群峰之一，故称阳台山或阳台峰。

若何也?”玉对曰:“其始出也,䨴兮若松榯⑪。其少进也,晣兮若姣姬⑫,扬袂障日⑬,而望所思⑭。忽兮改容,偈兮若驾驷马⑮,建羽旗⑯。湫兮如风⑰,凄兮如雨。风止雨霁,云无处所。”王曰:“寡人方今可以游乎?”玉曰:“可。”王曰:“其何如矣?”玉曰:“高矣显矣,临望远矣。广矣普矣,万物祖矣⑱。上属于天⑲,下见于渊,珍怪奇伟,不可称论。”王曰:“试为寡人赋之。”玉曰:“唯唯⑳。”

惟高唐之大体兮,殊无物类之可仪比㉑。巫山赫其无畴兮㉒,道互折而曾累㉓。登巉岩而下望兮㉔,临大阺之稸水㉕。遇天雨之新霁兮,观百谷之俱集。濞汹汹其无声兮㉖,溃淡淡而并入㉗。滂洋洋而四施兮㉘,蓊湛湛而弗止㉙。长风至而波起兮,若丽山之孤亩㉚。势薄岸而相击兮,隘交引而却会㉛。崪中怒而特高兮㉜,若浮海而望碣石㉝。砾磥磥而相摩兮㉞,巆震天之磕磕㉟。巨石溺溺之瀺灂兮㊱,

---

⑪ 䨴(duì):茂盛貌。榯(shí):直竖貌。 ⑫ 晣(zhé):光明貌,此指容光焕发。 ⑬ 扬袂:举袖。 ⑭ 所思:思慕的人。 ⑮ 偈:勇武貌;又作疾驰貌。驷马:一车四马。 ⑯ 羽旗:彩色鸟羽装饰的旌旗。 ⑰ 湫:凉貌。 ⑱ 祖:始,初。 ⑲ 属(zhǔ):连缀。 ⑳ 唯唯:恭敬应诺之词。 ㉑ 殊:极,甚。仪比:匹配相比。 ㉒ 赫:盛大貌。畴:相等。 ㉓ 互折:交互曲折。曾(céng)累:重叠曲折。 ㉔ 巉岩:高峻的山岩。 ㉕ 阺(dǐ):同“坻”,山的斜坡。 ㉖ 濞(pì):大水暴发声。无声:指水波声压过了其他一切声音。 ㉗ 溃:水交流貌。淡淡(yǎn):水平满貌。 ㉘ 滂洋洋:水盛大涌流貌。施(yì):蔓延。 ㉙ 蓊(wěng):聚貌。湛湛:水深貌。 ㉚ 丽山:附着于山。孤亩:孤起的陇丘,此形容水波起伏如丘陇。 ㉛ 隘:狭隘之处。交引:指水流交会于狭隘之处,因不能畅流而折回。 ㉜ 崪(cuì):通“萃”,萃集,聚合。中怒:水中怒涛。 ㉝ 碣石:山名。在海边。 ㉞ 砾(lì):碎小之石。磥磥:同“磊磊”,众石累积貌。相摩:谓水流湍急,水石撞击。 ㉟ 巆(hōng):形容声音宏大。磕(kē):水石相击之声。 ㊱ 溺溺:淹没。瀺灂(chán zhuó):石在水中出没貌。

沫潼潼而高厉㊲。水澹澹而盘纡兮㊳，洪波淫淫之溶瀉㊴。奔扬踊而相击兮，云兴声之霈霈㊵。猛兽惊而跳骇兮，妄奔走而驰迈。虎豹豺兕㊶，失气恐喙㊷。雕鹗鹰鹞，飞扬伏窜。股战胁息㊸，安敢妄挚㊹。于是水虫尽暴㊺，乘渚之阳㊻；鼋鼍鳣鲔㊼，交积纵横，振鳞奋翼，蜲蜲蜿蜿㊽。中阪遥望㊾，玄木冬荣㊿。煌煌荧荧⑤①，夺人目精⑤②。烂兮若列星，曾不可殚形⑤③。榛林郁盛⑤④，葩华覆盖⑤⑤，双椅垂房⑤⑥，纠枝还会，徙靡澹淡⑤⑦，随波暗蔼⑤⑧。东西施翼⑤⑨，猗狔丰沛⑥⑩。绿叶紫裹⑥①，丹茎白蒂。纤条悲鸣⑥②，声似竽籁⑥③。清浊相和⑥④，五变四会⑥⑤。感心动耳，回肠伤气。孤子寡妇，寒心酸鼻。长吏隳官⑥⑥，贤士失志。愁思无已，叹息垂泪。

㊲ 沫：水沫，浪花。潼潼：高貌。高厉：高起。 ㊳ 澹澹（dàn）：水波动荡起伏貌。㊴ 淫淫：水涌流貌。溶瀉（yì）：水波荡漾貌。 ㊵ 云：形容水势如云。霈霈（pèi）：浪涛相击声。 ㊶ 兕（sì）：古代犀牛类野兽。 ㊷ 失气：丧失勇猛之气。喙（huì）：疲困。 ㊸ 胁息：犹“翕息”，屏息，指因恐惧而屏止呼吸。 ㊹ 挚：通“鸷”，凶猛。 ㊺ 水虫：水中生物，此泛指水族。暴（pù）：曝，晒，引申为暴露。 ㊻ 乘：升，登。渚（zhǔ）：水中小洲。乘渚之阳：意为各种水中鱼虾等生物受惊而登岸。 ㊼ 鼋鼍鳣鲔（yuán tuó zhàn wěi）：均为水中动物。鼋，大鳖；鼍，扬子鳄；鳣，鳇鱼；鲔，鲟鱼。 ㊽ 蜲蜲蜿蜿：曲折而行貌。 ㊾ 中阪：山坡间。 ㊿ 玄木：幽深的林木。 ⑤① 煌煌荧荧：形容草木色彩鲜明。 ⑤② 目精：眼珠。 ⑤③ 曾（zēng）：乃。殚形：穷尽其形。 ⑤④ 榛：树名，果实叫榛子，可食用。 ⑤⑤ 葩华：美丽的花。 ⑤⑥ 椅：树名，又称山桐子。 ⑤⑦ 徙靡：风吹草木，枝叶摇晃偃伏之状。 ⑤⑧ 暗蔼：树影浓密昏暗之状。 ⑤⑨ 东西：代指四面八方。施翼：形容树枝像鸟翼展开飞动。 ⑥⑩ 猗狔：同“旖旎”，柔美貌。丰沛：指枝叶繁盛。 ⑥① 紫裹：紫色的果实。 ⑥② 纤条：纤细的枝条。悲鸣：指风吹枝条发出的声音。 ⑥③ 竽籁：均为古代乐器。一说“籁”指声音。 ⑥④ 清浊：指乐声的轻清和重浊。 ⑥⑤ 五变：五指古代宫商角徵羽五个音阶；五变指五音变化。四会：四方之乐交融汇合。 ⑥⑥ 长吏：职位尊显的官吏。隳（huī）官：废弃官事。

登高远望,使人心瘁[67]。盘岸巑岏[68],裖陈硙硙[69]。磐石险峻,倾崎崖隤[70],岩岖参差,从横相追[71]。陬互横忤[72],背穴偃蹠[73]。交加累积,重叠增益。状若砥柱[74],在巫山下。仰视山颠,肃何千千[75],炫耀虹蜺[76]。俯视峥嵘[77],窐寥窈冥[78],不见其底,虚闻松声。倾岸洋洋,立而熊经[79]。久而不去,足尽汗出。悠悠忽忽,怊怅自失[80]。使人心动[81],无故自恐。贲育之断,不能为勇[82]。卒愕异物[83],不知所出。纚纚莘莘[84],若生于鬼,若出于神。状似走兽,或像飞禽[85]。谲诡奇伟,不可究陈。上至观侧[86],地盖底平[87]。箕踵漫衍[88],芳草罗生。秋兰茝蕙[89],江离载菁[90]。青荃射干,揭车苞并。薄草靡靡[91],联延夭夭[92]。越香掩掩[93],众雀嗷嗷[94]。雌雄相失[95],哀鸣相号。王雎鹂黄[96],正冥

---

⑰ 瘁(cuì):忧病,困苦。 ⑱ 盘岸:纡回曲折的高岸。巑岏(cuán wán):山势尖锐的样子。⑲ 裖(zhèn):山岩重密挺拔貌。硙硙(wéi):山高貌。 ⑳ 崎:不平貌。隤(tuí):坠落。 ⑴ 从:同"纵"。 ⑵ 陬(zōu):山隅,角落。横忤:横逆。 ⑶ 背:脊。偃:偃蹇,宛转屈曲貌。蹠:践踏。 ⑷ 砥柱:山名,又名三门山,原在今河南三门峡东北黄河中。因山在水中若柱,故名。⑸ 肃:指山势庄肃静穆。千千:通"芊芊",山谷呈墨绿色。 ⑹ 炫耀虹蜺(ní):彩虹炫耀云天,形容山之高美。 ⑺ 峥嵘(zhēng róng):同"峥嵘",山谷幽深险峭貌。 ⑻ 窐(wā)寥:深远貌。⑼ 立而熊经:意为人立岸上,惊恐畏惧,如熊被吊在树上。 ⑽ 怊怅:同"惆怅",失意貌。⑾ 心动:心惊。 ⑿ "贲育之断"两句:意为像古代孟贲、夏育那样果敢决断的勇士,面临如此险境,也不能逞勇了。 ⒀ 卒(cù):同"猝",突然。愕(è):惊恐。 ⒁ 纚纚(xǐ)莘莘(shēn):众多貌。 ⒂ "若生于鬼"四句:均形容山势奇诡。 ⒃ 观:楼观,楼台。 ⒄ 底(zhǐ):平。或作"底"。 ⒅ 箕踵漫衍:形容山势如簸箕的底部,前阔后窄且平坦。 ⒆ 茝蕙:两种香草。下句"江离""荃""射干""揭车"均为香草。 ⒇ 载:则。菁:菁菁,茂盛貌。 ㉑ 薄草:丛草。 ㉒ 联延:犹"绵延"。夭夭:茂盛貌。 ㉓ 越香:芳香飘散升越。掩掩:通"馣馣(ān)",香气浓重。㉔ 嗷嗷:哀鸣声。 ㉕ 相失:失其配偶。 ㉖ 王雎:鹏类,即鹗。鹂黄:黄鹂。

楚鸠[97]。姊归思妇[98]，垂鸡高巢[99]。其鸣喈喈，当年遨游[100]。更唱迭和，赴曲随流。

有方之士[101]，羡门高溪[102]，上成郁林[103]，公乐聚谷[104]。进纯牺[105]，祷璇室[106]，醮诸神[107]，礼太一[108]。传祝已具，言辞已毕[109]。王乃乘玉舆[110]，驷仓螭[111]，垂旒旌[112]，旆合谐[113]，紬大弦而雅声流[114]，冽风过而增悲哀。于是调讴[115]，令人惏悷憯悽[116]，胁息增欷[117]。于是乃纵猎者，基趾如星[118]。传言羽猎[119]，衔枚无声[120]。弓弩不发，罘罕不倾[121]，涉漭漭[122]，驰苹苹[123]。飞鸟未及起，走兽未及发，何节奄忽[124]，蹄足洒血。举功先得，获车已实。

---

⑰ 楚鸠：鸟名。 ⑱ 姊归：子规鸟。思妇：亦鸟名。 ⑲ 高巢：在高处筑巢。 ⑳ 当年遨游：似指"昔者先王尝游高唐"事。 ⑩ 有方之士：方士，即古代讲求神仙方术的人。⑩ 羡门高溪：羡门高，方士名。《史记·秦始皇本纪》："始皇至碣石，使燕人卢生求羡门高誓。"溪，疑是"誓"之讹。 ⑩ 上成郁林：似为方士名，出处未详。 ⑩ 公乐聚谷：聚食于山林之间而共乐。 ⑩ 纯牺：毛色纯一的牛、羊等祭品。 ⑩ 璇室：以美玉装饰的宫室。⑩ 醮(jiào)：古代祷神的祭礼。 ⑩ 礼：敬神。太一：古代传说中的天神。 ⑩"传祝已具"两句：意为巫祝把神祇旨意全部传达完毕。 ⑩ 王：指楚怀王。玉舆：用美玉嵌饰的坐车。⑪ 仓：通"苍"，青色。螭(chì)：古代传说中的无角蛟龙。 ⑪ 旒(liú)：旌旗下边悬垂的饰物，似飘带。 ⑪ 旆(pèi)：古代旗末形如燕尾的垂旒。合谐：指旆迎风飘扬，舒卷自如。⑪ 紬(chōu)：引。大弦：古代乐器的宫声弦。雅声：典雅庄重的宫廷乐曲。流：传扬。⑪ 调：调和。讴：歌曲。 ⑪ 惏悷(lín lì)：悲伤貌。憯：通"惨"。 ⑪ 胁息：敛缩气息，表示悲痛。增欷(céng xī)：叹息不已。 ⑪ 基趾：谓相持之势，如下棋时双方棋子对峙。如星：指猎者四散分布，如星罗棋布。 ⑪ 羽猎：带箭狩猎。 ⑫ 衔枚：古时行军，令军士衔枚，以禁止喧哗，使行动隐蔽。枚，状似筷子。 ⑫ 罘(fú)：捕兽的网。罕：同"罕"，捕鸟的长柄小网。 ⑫ 漭漭：水广远貌。 ⑫ 苹苹：野草丛生貌。 ⑫ 何：通"荷"，引申为执持。节：符节。奄忽：匆遽，急促。

王将欲往见[125]，必先斋戒，差时择日[126]，简舆玄服，建云旆，蜺为旌[127]，翠为盖。风起雨止，千里而逝，盖发蒙，往自会，思万方[128]，忧国害，开贤圣，辅不逮[129]。九窍通郁[130]，精神察滞[131]。延年益寿千万岁。

---

⑫⑤ 王：指顷襄王。往见：往见神女。 ⑫⑥ 差(chāi)：选择。 ⑫⑦ 蜺：又作"霓"，虹。 ⑫⑧ 万方：万邦，万族；又指百姓。 ⑫⑨ 辅不逮(dài)：弥补不足之处。 ⑬⓪ 九窍：二眼、二耳、二鼻孔、口、舌、喉。通郁：开通郁气。 ⑬① 察滞：清除郁闷。

（侯毓信）

神　女　赋[1]

【题解】

《高唐》《神女》两赋，犹如司马相如《子虚》《上林》，扬雄《羽猎》《长杨》，实为一篇，合观方见抑扬顿挫之妙。《高唐》所重在写山水，《神女》主要是写人。赋中写神女的美貌及其风姿，既艳丽，又飘逸。特别是"望余帷而延视兮"以下一大段，写神女既深情又矜持的娇羞之态、既想亲近又不敢亲近的复杂心理，刻画极其细致生动，逼真传神。本赋也是第一篇全力描写美女的作品，影响深远，后人多有仿作，其中最著名的为曹植的《洛神赋》。

楚襄王与宋玉游于云梦之浦，使玉赋高唐之事。其夜玉寝[2]，

---

① 选自《文选》。 ② 其夜：指"赋高唐之事"的那一夜。玉寝：本作"王寝"，文中"玉""王"字多有互讹之处，今据文意订正。

果梦与神女遇，其状甚丽，玉异之。明日，以白王。王曰："其梦若何？"玉曰："晡夕之后[3]，精神怳忽，若有所喜，纷纷扰扰，未知何意。目色仿佛[4]，乍若有记。见一妇人[5]，状甚奇异。寐而梦之，寤不自识。罔兮不乐[6]，怅然失志。于是抚心定气，复见所梦。"王曰："状何如也？"玉曰："茂矣美矣[7]，诸好备矣[8]；盛矣丽矣，难测究矣。上古既无，世所未见。瑰姿玮态，不可胜赞。其始来也，耀乎若白日初出照屋梁；其少进也[9]，皎若明月舒其光。须臾之间，美貌横生，烨乎如华[10]，温乎如莹[11]。五色并驰[12]，不可殚形，详而视之，夺人目精[13]。其盛饰也，则罗纨绮缋盛文章[14]，极服妙采照万方[15]。振绣衣，被袿裳[16]，襛不短[17]，纤不长[18]，步裔裔兮耀殿堂[19]，忽兮改容，婉若游龙乘云翔。嫷被服[20]，侻薄装[21]，沐兰泽[22]，含若芳[23]，性和适，宜侍旁，顺序卑[24]，调心肠[25]。"王曰："若此盛矣，试为寡人赋之。"玉曰："唯唯。"

夫何神女之姣丽兮，含阴阳之渥饰[26]。被华藻之可好兮[27]，若翡

---

③ 晡：黄昏时。 ④ 目色：视力。 ⑤ 妇人：指神女。 ⑥ 罔：通"惘"，失意貌。 ⑦ 茂：美好。 ⑧ 诸好：各种美质。 ⑨ 少进：稍微向前一些。 ⑩ 烨（yè）：光辉灿烂貌。华：花。 ⑪ 温：温润，指言谈举止温和柔顺。莹：玉石。 ⑫ 驰：施，用。 ⑬ 目精：眼珠。 ⑭ 罗纨绮缋（huì）：均为古代丝织物名。文章：错杂的色采和花纹。 ⑮ 极服：最高贵的服饰。妙采：最美妙的色采花纹。 ⑯ 袿（guī）：古指上衣。裳：古指下衣，裙子。 ⑰ 襛：指衣服厚大。不短：身材不显矮小。 ⑱ 纤：指衣服窄小。不长：身材不显瘦长。 ⑲ 裔裔：步履袅娜。 ⑳ 嫷（duò）：美。被服：罩在外面的衣服。 ㉑ 侻（tuō）：合体。 ㉒ 兰泽：含有香味的润发油。 ㉓ 若芳：杜若的芳香。 ㉔ 序卑：温顺谦恭。 ㉕ 心肠：心绪。 ㉖ 渥：优厚。 ㉗ 华藻：指有华美花纹装饰的衣服。可好：合适美好。

翠之奋翼㉘。其像无双㉙,其美无极。毛嫱障袂㉚,不足程式;西施掩面㉛,比之无色。近之既妖,远之有望。骨法多奇㉜,应君之相。视之盈目,孰者克尚㉝?私心独悦,乐之无量,交希恩疏㉞,不可尽畅㉟。他人莫睹,玉览其状。其状峨峨㊱,何可极言!貌丰盈以庄姝兮,苞温润之玉颜㊲。眸子炯其精朗兮㊳,瞭多美而可观㊴。眉联娟以蛾扬兮㊵,朱唇的其若丹㊶。素质干之醲实兮㊷,志解泰而体闲㊸。既姽婳于幽静兮㊹,又婆娑乎人间。宜高殿以广意兮㊺,翼放纵而绰宽㊻。动雾縠以徐步兮,拂墀声之珊珊㊼。

望余帷而延视兮㊽,若流波之将澜㊾。奋长袖以正衽兮,立踯躅而不安。淡清静其愔嫕兮㊿,性沉详而不烦。时容与以微动兮[51],志未可乎得原[52]。意似近而既远兮,若将来而复旋。褰余帱而请御兮[53],愿尽心之惓惓[54]。怀贞亮之洁清兮[55],卒与我兮相难[56]。陈嘉

㉘ 翡翠:鸟名。 ㉙ 像:相貌。 ㉚ 毛嫱(qiáng):古代美女。障:遮掩。袂:衣袖。 ㉛ 西施:春秋越国美女。 ㉜ 骨法:古时相士说的骨相,此指人的骨骼相貌。 ㉝ 克尚:能够超过。 ㉞ 交希:接触稀少。 ㉟ 畅:畅所欲言。 ㊱ 峨峨:仪容端庄静美貌。 ㊲ 苞:茂盛,这里形容神女的丰美。 ㊳ 炯:又作"颎",明亮。 ㊴ 瞭:眼珠明亮。 ㊵ 联娟:同"连娟",眉微曲状。蛾扬:蛾眉上扬。 ㊶ 的:鲜明。 ㊷ 素:通"愫",本心,真情。质:质朴。干:正。醲:借为"浓,厚"。 ㊸ 解:通"懈",松弛。泰:泰然。体闲:一身清闲。 ㊹ 姽婳(guǐ huà):文静美好。幽静:指幽静的山中。 ㊺ 广意:宽慰其心志。 ㊻ 翼:放纵貌,如鸟翼随意放纵。绰宽:舒缓宽裕。 ㊼ 拂:拂拭,掠过。墀(chí):台阶。珊珊:犹"沙沙",形容雾縠之衣擦过台阶时发出的细微声音。 ㊽ 望:指神女凝望。延视:长久地凝视。 ㊾ 流波:比喻眼波。将澜:将成波澜。 ㊿ 淡:安静貌。愔:安静和悦貌。嫕(yì):和蔼可亲貌。 [51] 容与:闲暇自得貌。 [52] 原:本源。 [53] 褰(qiān):掀起。帱:床帐。御:侍奉。 [54] 惓惓:同"拳拳",诚恳。 [55] 贞:坚贞。亮:正直。 [56] 难:拒。

辞而云对兮，吐芬芳其若兰[57]。精交接以来往兮[58]，心凯康以乐欢[59]。神独亨而未结兮[60]，魂茕茕以无端[61]。含然诺其不分兮[62]，喟扬音而哀叹。頩薄怒以自持兮[63]，曾不可乎犯干[64]。

于是摇珮饰，鸣玉鸾[65]，整衣服，敛容颜，顾女师[66]，命太傅[67]。欢情未接，将辞而去。迁延引身[68]，不可亲附。似逝未行，中若相首[69]。目略微眄[70]，精彩相授。志态横出，不可胜记。意离未绝，神心怖覆[71]。礼不遑讫，辞不及究[72]。愿假须臾[73]，神女称遽[74]。徊肠伤气，颠倒失据[75]。闇然而暝[76]，忽不知处[77]。情独私怀，谁者可语？惆怅垂涕，求之至曙[78]。

---

[57] 芬芳：指神女嘉美的言辞若有芬芳。[58] 精：精神，心灵。[59] 凯：和乐。[60] 亨：通达。结：结言，口头盟誓，此处指男女定情之盟。[61] 茕茕(qióng)：孤独无依貌。无端：无端绪，指心烦意乱。[62] 然诺：许诺。不分：意未分明。[63] 頩(pīng)：敛容貌。自持：自我矜持。[64] 曾：乃。犯干：冒犯。[65] 玉鸾：美玉制作的铃。[66] 女师：古代教授女子以妇德、妇言、妇容、妇工的女教师。[67] 太傅：古时妇女年五十无子者为傅。[68] 迁延：退却而去。引身：动身。[69] 中：内心。首：向，引申为向往，思慕。[70] 眄(miǎn)：斜视。[71] 神心：心神。怖覆：慌乱反复的心理。此处指神女若即若离的复杂矛盾心情。[72] 究：穷极。[73] 愿假须臾：意为愿借片刻通欢。[74] 称遽：声称马上要离开。[75] 颠倒失据：神魂颠倒，失去依凭。此句形容宋玉慕求神女而未得的复杂情绪。[76] 暝：黄昏，夜晚。[77] 忽：忽忽，恍惚失意。[78] 求之至曙：句意强调神女可慕而不可求，以讽劝楚襄王不必妄求神女。

（侯毓信）

登徒子好色赋[1]

【题解】

宋玉此文，意在规劝楚王，反对淫风。然并不直接道破，而是通过宋玉和登徒子在“好色”问题上的争辩，特别是章华大夫既爱慕美色又坚守礼义的表白，曲折地表现其讽谏之意。通篇分两半，前面用谐词，后面多讽语。文章语言优美，刻画生动，妙趣横生，致使登徒子成了“好色之徒”的代名词。本文在实质上是一篇用赋体写成的寓言，故未必有其事，更不必有其人。

大夫登徒子侍于楚王[2]，短宋玉曰[3]：“玉为人体貌闲丽[4]，口多微辞[5]，又性好色。愿王勿与出入后宫。”

王以登徒子之言问宋玉。玉曰：“体貌闲丽，所受于天也；口多微辞，所学于师也；至于好色，臣无有也。”王曰：“子不好色，亦有说乎？有说则止[6]，无说则退。”玉曰：“天下之佳人莫若楚国，楚国之丽者莫若臣里，臣里之美者莫若臣东家之子[7]。东家之子，增之一分则太长，减之一分则太短；著粉则太白[8]，施朱则太赤[9]；眉如翠

① 选自《文选》。 ② 登徒：姓氏。子：古代对男子的敬称。楚王：指楚顷襄王。 ③ 短：攻讦。 ④ 闲丽：文雅英俊。 ⑤ 微辞：婉转而巧妙的言辞。 ⑥ 止：留在朝中。 ⑦ 东家：东邻。 ⑧ 著粉：傅粉，搽粉。 ⑨ 施朱：抹胭脂。

羽，肌如白雪；腰如束素[⑩]，齿如含贝；嫣然一笑，惑阳城，迷下蔡[⑪]。然此女登墙窥臣三年[⑫]，至今未许也[⑬]。登徒子则不然：其妻蓬头挛耳[⑭]，齞唇历齿[⑮]，旁行踽偻[⑯]，又疥且痔[⑰]。登徒子悦之，使有五子[⑱]，王孰察之[⑲]，谁为好色者矣。"

是时，秦章华大夫在侧[⑳]，因进而称曰："今夫宋玉盛称邻之女，以为美色，愚乱之邪[㉑]；臣自以为守德，谓不如彼矣。且夫南楚穷巷之妾[㉒]，焉足为大王言乎？若臣之陋，目所曾睹者，未敢云也。"王曰："试为寡人说之。"大夫曰："唯唯。臣少曾远游，周览九土，足历五都。出咸阳[㉓]，熙邯郸[㉔]，从容郑卫溱洧之间[㉕]。是时向春之末[㉖]，迎夏之阳[㉗]，鸧鹒喈喈[㉘]，群女出桑[㉙]。此郊之姝[㉚]，华色含光，体美容冶，不待饰装。臣观其丽者，因称诗曰[㉛]：'遵大路兮揽子袪[㉜]。'赠

---

⑩ 腰如束素：腰肢纤细，像一束白色生绢。 ⑪ "惑阳城"两句：阳城、下蔡，均为当时楚国贵族封地。两句意为，使阳城、下蔡两地的贵族男子着迷。 ⑫ 窥：偷看。 ⑬ 未许：未答应她的求爱。 ⑭ 挛：卷曲而不能伸。 ⑮ 齞(yàn)：齿露唇外貌。历齿：稀疏不齐的牙齿。 ⑯ 旁行：走路歪歪斜斜。踽偻(jǔ lóu)：驼背。 ⑰ 疥痔：均为肮脏不洁的疾患。 ⑱ 五子：五个儿女。 ⑲ 孰：通"熟"，仔细地。 ⑳ 秦章华大夫：祖籍章华(楚地)、在秦任大夫的人，当时正出使楚国。 ㉑ 愚乱之邪：意为美色能迷惑人心，使之变邪。 ㉒ 南楚：楚国南部。妾：此指宋玉说的"东家之子"。 ㉓ 咸阳：战国时秦国国都，在今陕西咸阳东北。 ㉔ 熙：通"嬉"，引申为游玩。邯郸：战国时赵国国都，今属河北。 ㉕ 从容：舒缓，安逸，引申为逗留。郑卫：春秋时两个国家，故址均在河南。溱洧(zhēn wěi)：郑国境内的两条河。《诗经·郑风》中有《溱洧》诗，写每年上巳节郑国男女在岸边聚会游乐的情况。 ㉖ 向：将近。 ㉗ 迎：逢。阳：温暖。 ㉘ 鸧鹒：鸟名。喈喈(jiē)：鸟鸣声。 ㉙ 出桑：出来采桑。 ㉚ 此郊：指郑卫郊野。姝(shū)：美女。 ㉛ 称诗：援引诗篇。 ㉜ "遵大路"句：出自《诗经·郑风·遵大路》，原诗为："遵大路兮，掺执子之袪兮。"诗意是：沿着大路向前走，分别的时候拉住他(或她)的衣袖口。章华大夫引此诗是想借此挑动美女的心。

以芳华辞甚妙。于是处子怳若有望而不来[33]，忽若有来而不见[34]。意密体疏[35]，俯仰异观[36]；含喜微笑[37]，窃视流眄[38]。复称诗曰：'寤春风兮发鲜荣[39]，洁斋俟兮惠音声[40]，赠我如此兮不如无生[41]。'因迁延而辞避[42]。盖徒以微辞相感动[43]，精神相依凭；目欲其颜[44]，心顾其义[45]，扬诗守礼，终不过差[46]，故足称也[47]。"

于是楚王称善，宋玉遂不退。

㉝ 处子：处女。怳：同"恍"。与下文"忽"字为互文。怳忽，即恍惚，心神不定貌。有望：有所期望。 ㉞ 有来：有前来相就之意。 ㉟ 意密：情意密切。体疏：形迹疏远。 ㊱ 异观：不同的样子。此句谓美女一举手一投足都表现出不同的丰姿。 ㊲ 含喜：心含喜悦。 ㊳ 流眄(miǎn)：眼波流动而斜视。 ㊴ 寤：醒，苏醒。发鲜荣：指草木开花十分繁盛新鲜。 ㊵ 洁：心地纯洁。斋：举止庄重矜持。惠音声：惠赠佳音。 ㊶ "赠我如此"句：如此，指鲜花。言接受了神女赠送的鲜花，却不能与她永结同心，那真还不如死去。 ㊷ 迁延：引身后退貌。辞避：告辞避去。 ㊸ 微辞：指文中称引的诗句。 ㊹ 目欲其颜：眼睛很想饱览她的容颜。 ㊺ 心顾其义：心中顾念礼义道德规范。 ㊻ 终不过差：始终没有越轨的行为。 ㊼ 足称：值得称道。

（侯毓信）

对楚王问[1]

【题解】

本文采用虚设主客问答的形式，表现宋玉因在政治上不得意而产生的孤傲愤懑之

---

① 选自《文选》。

情。作者用由近及远、逐步扩展的手法，先以排偶句式写“歌于郢中”之事；继以凤、鲲与鷃、鲵作对比；最后指出“世俗之民”绝不会理解宋玉的瑰意琦行，与开篇楚王所说“不誉之甚”呼应。全文脉络清晰，结构紧凑，语言夸张，形象生动。刘熙载称本文为首先“用辞赋之骈丽以为文者”。以后东方朔的《答客难》，扬雄的《解嘲》，班固的《答宾戏》等文，无论在内容和形式上，都明显受本文影响。

楚襄王问于宋玉曰：“先生其有遗行与②？何士民众庶不誉之甚也③？”宋玉对曰：“唯，然，有之。愿大王宽其罪，使得毕其辞④。客有歌于郢中者⑤，其始曰《下里》《巴人》⑥，国中属而和者数千人⑦；其为《阳阿》《薤露》⑧，国中属而和者数百人；其为《阳春》《白雪》⑨，国中属而和者不过数十人；引商刻羽⑩，杂以流徵⑪，国中属而和者不过数人而已。是其曲弥高⑫，其和弥寡。故鸟有凤而鱼有鲲⑬。凤皇上击九千里⑭，绝云霓⑮，负苍天⑯，翱翔乎杳冥之上⑰；夫蕃篱之鷃⑱，岂能与之料天地之高哉⑲！鲲鱼朝发昆仑之墟⑳，暴鬐于碣石㉑，暮宿于孟诸㉒；夫尺泽之鲵㉓，岂能与之量江海之大哉！

② 遗行：失检的行为。 ③ 不誉：不称誉。 ④ 毕其辞：让我把话说完。 ⑤ 郢：楚国都城，故址在今湖北江陵。 ⑥《下里》《巴人》：通俗歌曲。 ⑦ 国中：郢都之中。属和：随人唱和，应和。 ⑧《阳阿》《薤(xiè)露》：歌曲名。 ⑨《阳春》《白雪》：比较高雅的歌曲。 ⑩ 引商刻羽：以商音作序引，再续以羽声相掩映。商、羽，古代五音(宫商角徵羽)中的两种音。 ⑪ 杂：掺杂。徵(zhǐ)：五音之一。 ⑫ 弥高：越高雅。 ⑬ 鲲：巨大的鱼。 ⑭ 凤皇：即“凤凰”。 ⑮ 绝：超越。 ⑯ 负：背负。 ⑰ 杳：远。冥：深。 ⑱ 蕃：通“藩”。鷃：鷃雀。 ⑲ 料：计量。 ⑳ 昆仑：山名，在新疆、西藏之间。墟：大山。 ㉑ 暴(pù)：晒。鬐(qí)：通“鳍”，鱼脊。碣石：山名，在今河北昌黎。 ㉒ 孟诸：大泽名。故址今河南商丘东北。 ㉓ 尺泽：一尺

故非独鸟有凤而鱼有鲲也，士亦有之。夫圣人瑰意琦行，超然独处；夫世俗之民，又安知臣之所为哉？”

左右的小水池。鲵(ní)：一种小鱼。

（侯毓信）

荀况(约前 313—前 238)　战国后期思想家,时人尊称为荀子。赵国人。曾在齐国稷下讲学,三次担任祭酒。曾归赵聘秦,后去齐适楚。楚相春申君黄歇任为兰陵令,著书终老其地。其学以孔子为宗,与孟子有异。他的学生最著名的有韩非和李斯。今传《荀子》三十五篇。

天　　论①

【题解】

本文着重阐明天道只是自然现象,并没有神在主宰,人类应控制自然,利用自然,而不是依赖自然,迷信天命;进而指出社会治乱取决于人事,因此治国应恪守人道,以礼义为本。荀子的文章长于说理和辩驳。本文先提出论点,从一个问题上发端,推究演绎,层层深入,展开论述。文中运用不少对偶排比句式,铺陈排比,论据充实,笔酣墨饱,气势雄浑,增强了文章的生动性和说服力。

天行有常②:不为尧存,不为桀亡③。应之以治则吉④,应之以乱则凶。彊本而节用⑤,则天不能贫;养备而动时⑥,则天不能病⑦;修道而不贰⑧,则天不能祸。故水旱不能使之饥,寒暑不能使之疾,

---

① 选自《荀子简释》。 ② 天行:大自然的运行。常:一定的规律。 ③ 尧:传说中的古代圣君。桀:夏代最后一个君主,以残暴著称。 ④ 应:对待。 ⑤ 彊:同“强”。本:指农桑。⑥ 养备:物质生活资料充足。动时:行动适时。 ⑦ 病:危害。 ⑧ 不贰:不三心二意。一说“贰”应作“貣”(古“忒”字),错。

祆怪不能使之凶[9]。本荒而用侈，则天不能使之富；养略而动罕[10]，则天不能使之全[11]；倍道而妄行[12]，则天不能使之吉。故水旱未至而饥，寒暑未薄而疾[13]，祆怪未至而凶。受时与治世同[14]，而殃祸与治世异，不可以怨天，其道然也。故明于天人之分[15]，则可谓至人矣[16]。

不为而成，不求而得，夫是之谓天职。如是者，虽深[17]，其人不加虑焉[18]；虽大，不加能焉；虽精，不加察焉。夫是之谓不与天争职。天有其时，地有其财，人有其治，夫是之谓能参[19]。舍其所以参，而愿其所参，则惑矣！

列星随旋，日月递炤[20]，四时代御[21]，阴阳大化，风雨博施，万物各得其和以生，各得其养以成，不见其事而见其功，夫是之谓神。皆知其所以成，莫知其无形，夫是之谓天[22]。唯圣人为不求知天。

天职既立，天功既成，形具而神生[23]，好恶喜怒哀乐臧焉[24]，夫是之谓天情[25]。耳目鼻口形能各有接而不相能也[26]，夫是之谓天官[27]。心居中虚，以治五官，夫是之谓天君[28]。财非其类以养其类[29]，夫是

---

⑨ 祆怪：妖怪，指自然的灾异现象。⑩ 略：残缺不全。罕：少。⑪ 全：保全。⑫ 倍：同“背”。⑬ 薄：作“迫”解，即侵犯之意。⑭ 受时：遭受的天时。⑮ 分：职责。⑯ 至人：犹言圣人。⑰ 深：指天道。下文“大”“精”同。⑱ 其人：至人。⑲ 参：同“三”。先秦学者多以天、地、人三者并列，所以把修人事以配合天地的自然规律称为“与天地参”。⑳ 递炤：交替照耀大地。炤，同“照”。㉑ 代御：交替来临。㉒ “皆知其所以成”三句：人们都知道其成绩，但不知道其无形的工作进程，这就叫做“天”。㉓ 形具而神生：人的身体受天然禀赋而成，形体既具，精神意识也随之而生。㉔ 臧：通“藏”。㉕ 天情：天性。㉖ 形能：形态和功能。有接：与外物接触。相能：相替代。㉗ 天官：受之于天然的器官。㉘ 天君：形体的天然的主宰。㉙ 财：同“裁”，制裁，引申为改造之意。非其类：非人类的东西。

之谓天养[30]。顺其类者谓之福，逆其类者谓之祸，夫是之谓天政[31]。暗其天君[32]，乱其天官，弃其天养，逆其天政，背其天情，以丧天功，夫是之谓大凶。圣人清其天君，正其天官，备其天养，顺其天政，养其天情，以全其天功。如是，则知其所为，知其所不为矣；则天地官而万物役矣[33]。其行曲治[34]，其养曲适，其生不伤。夫是之谓知天。

故大巧在所不为，大智在所不虑。所志于天者[35]，已其见象之可以期者矣[36]；所志于地者，已其见宜之可以息者矣[37]；所志于四时者，已其见数之可以事者矣[38]；所志于阴阳者，已其见和之可以治者矣。官人守天而自为守道也[39]。

治乱，天邪[40]？

曰：日月星辰瑞历[41]，是禹、桀之所同也；禹以治，桀以乱；治乱非天也。

时邪？

曰：繁启蕃长于春夏[42]，畜积收臧于秋冬，是又禹、桀之所同也；禹以治，桀以乱；治乱非时也。

地邪？

---

[30] 天养：自然界对人类的供养。[31] 天政：自然界的政令。[32] 暗：昏暗迷惑。[33] 官：作"各尽其职"解。役：为人所役。[34] 曲：有周全之意。[35] 志："识"的古写字。[36] 已：同"己"，记、纪的古文。见：通"现"。期：预期。[37] 宜：适宜。息：生长蕃息。[38] 数：次第、步骤，即指春生、夏长、秋收、冬藏等自然规律。事：指顺应季节而从事劳作。[39] 官人守天：委任专职人员观察研究自然。自为守道：圣人自己则恪守人道。[40] 天：天意。[41] 瑞历：吉祥的历象。[42] 繁：多。启：萌芽。蕃：茂盛。长：成长。

曰：得地则生，失地则死，是又禹、桀之所同也；禹以治，桀以乱；治乱非地也。《诗》曰："天作高山，大王荒之[43]；彼作矣[44]，文王康之[45]。"此之谓也。

天不为人之恶寒也辍冬，地不为人之恶辽远也辍广，君子不为小人之匈匈也辍行[46]。天有常道矣，地有常数矣，君子有常体矣。君子道其常[47]，而小人计其功[48]。《诗》曰[49]："礼义之不愆[50]，何恤人之言兮[51]！"此之谓也。

楚王后车千乘，非知也；君子啜菽饮水[52]，非愚也。是节然也[53]。若夫志意修，德行厚，知虑明，生于今而志乎古，则是其在我者也[54]。故君子敬其在己者[55]，而不慕其在天者[56]；小人错其在己者[57]，而慕其在天者。君子敬其在己者，而不慕其在天者，是以日进也；小人错其在己者，而慕其在天者，是以日退也。故君子之所以日进，与小人之所以日退，一也。君子小人之所以相悬者在此耳。

星队[58]，木鸣，国人皆恐。曰：是何也？曰：无何也[59]！是天地之变，阴阳之化，物之罕至者也。怪之，可也；而畏之，非也。夫日月之有蚀，风雨之不时，怪星之党见[60]，是无世而不常有之[61]。上明而政

---

[43] 荒：开辟。[44] 作：创始。[45] 康：安居。诗见《诗经·周颂·天作》。[46] 匈匈：同"汹汹"。[47] 道：遵行。常：常道。[48] 计：计较。功：小利。[49] 此处引诗为佚诗。[50] 愆（qiān）：过失，差错。[51] 恤：忧，引申为顾虑。[52] 啜（chuò）：吃。菽：豆类，泛指粗粮。[53] 节然：适然，犹偶然。[54] 则是其在我者也：意谓要依靠自己的努力了。[55] 敬其在己：看重本身的才能修养。[56] 不慕其在天者：不羡慕上天的赐予。[57] 错：置，舍弃。[58] 队：同"坠"。[59] 无何：没有什么。[60] 党：同"傥"，偶然的意思。[61] 无世而不常有：各个时代都有。

平，则是虽并世起，无伤也；上闇而政险[62]，则是虽无一至者，无益也。夫星之队，木之鸣，是天地之变，阴阳之化，物之罕至者也；怪之，可也；而畏之，非也。

物之已至者，人祆则可畏也[63]，楛耕伤稼[64]，耘耨失薉[65]，政险失民；田薉稼恶[66]，籴贵民饥[67]，道路有死人，夫是之谓人祆。政令不明，举错不时[68]，本事不理，夫是之谓人祆。礼义不修，内外无别，男女淫乱，父子相疑，上下乖离，寇难并至[69]，夫是之谓人祆。祆是生于乱；三者错[70]，无安国。其说甚尔[71]，其菑甚惨[72]。勉力不时[73]，则牛马相生，六畜作祆，可怪也，而不可畏也。传曰[74]："万物之怪书不说[75]。无用之辩，不急之察[76]，弃而不治。若夫君臣之义，父子之亲，夫妇之别，则日切瑳而不舍也[77]。

雩而雨[78]，何也？曰：无何也，犹不雩而雨也。日月食而救之[79]，天旱而雩，卜筮然后决大事，非以为得求也，以文之也[80]。故君子以为文，而百姓以为神。以为文则吉，以为神则凶也。

在天者莫明于日月，在地者莫明于水火，在物者莫明于珠玉，在

---

⑫ 闇：暗，指头脑昏昧。政险：政令酷虐。 ⑬ 人祆：指人事中所发现的种种怪异现象。 ⑭ 楛耕：草率耕种。楛，恶。 ⑮ 薉：应作"岁"，即一年的收成。 ⑯ 薉：同"秽"，荒芜。 ⑰ 籴(dí)：买进粮食。 ⑱ 举错：措施。错，措。 ⑲ 寇：外患。难：内乱。 ⑳ 三者：指上面所说的三种称作"人祆"的现象。错：交叉。 ㉑ 尔：通"迩"，近。此句言人祆之说，较自然灾异的道理浅近易解。 ㉒ 菑：同"灾"。 ㉓ 勉力：役使民力。 ㉔ 传：泛指古书。 ㉕ "万物之怪"句：万物的怪异现象在六经中是不多记载说明的。 ㉖ "无用之辩"两句：指对自然灾异如星坠、木鸣等现象的论辩和考察。 ㉗ 瑳：同"磋"。 ㉘ 雩(yú)：古代求雨时的祭名。 ㉙ 食：通"蚀"。 ㉚ 文：文饰。

人者莫明于礼义。故日月不高，则光晖不赫；水火不积，则晖润不博[81]；珠玉不睹乎外[82]，则王公不以为宝；礼义不加于国家，则功名不白[83]。故人之命在天，国之命在礼。君人者，隆礼尊贤而王，重法爱民而霸，好利多诈而危，权谋倾覆幽险而尽亡矣！

大天而思之[84]，孰与物畜而制之[85]。从天而颂之，孰与制天命而用之[86]。望时而待之，孰与应时而使之[87]。因物而多之，孰与骋能而化之[88]。思物而物之[89]，孰与理物而勿失之也[90]。愿于物之所以生，孰与有物之所以成[91]。故错人而思天，则失万物之情[92]。

㉛ 晖：指火光。润：指水的滋润。 ㉜ 睹：一说作"睹"，即著，显明。 ㉝ 白：显耀，显赫。㉞ 大：尊。思：思慕。此句谓寄希望于天。 ㉟ 孰与：何如。物畜：把天当作物来畜养它。㊱ 天命：自然规律。 ㊲ 应时：掌握时令。 ㊳"因物而多之"两句：只就事物原有的基础来求量的自然增多，怎及得运用人的智能使物类发生质的变化。 ㊴ 思物而物之：后一物字作"据为己有"解。 ㊵ 理：治理。勿失之：使它们不失去自己的作用。 ㊶"愿于物之所以生"两句：指望物类的自然发生，怎比得掌握物类的生长规律，使它们能由人工来培养长成？㊷"故错人而思天"两句：如果舍弃人为的努力而一味寄希望于天，那是违反万物情理的做法。

（侯毓信）

韩非(约前280—前233) 战国后期思想家。韩国公子。曾与李斯同学于荀况。屡次上书韩王,不见用。著书十余万言。秦王政见而悦之,思得其人,遂发兵攻韩。韩非奉使入秦,未及重用,为李斯、姚贾所谮,入狱,自杀。韩非是先秦法家学说的集大成者,任法术、尚功利。今存《韩非子》五十五篇。

说　难①

【题解】

战国百家争鸣,游士蜂起,如何使自己的主张,为各国君主所接受,是当时学者和说客共同关心的问题,也是本文所探讨和阐述的主题。本文围绕一个"难"字,接连列举游说的"七危""八难",层层生发,其结构之严密、论述之透彻,均不可多得。

凡说之难②,非吾知之有以说之之难也③,又非吾辩之能明吾意之难也④,又非吾敢横失而能尽之难也⑤。凡说之难,在知所说之心⑥,可以吾说当之⑦。所说出于为名高者也⑧,而说之以厚利,则见下节而遇卑贱⑨,必弃远矣。所说出于厚利者也,而说之以名高,

---

① 选自《韩非子集释》。 ② 说之难:游说君主的难处。 ③"非吾"句:不是我了解事理并且去说服君主的难处。 ④"又非吾"句:也不是我的分析论辩能否明白地表达我的意思的难处。 ⑤"又非吾敢"句:也不是我敢于驰骋辩说,无所顾忌,以彻底表明自己看法的难处。横失:指纵横恣肆,口才流利。失,通"佚"。 ⑥ 所说:被说者,指君主。 ⑦ 当:适应。 ⑧ 为名高:为了抬高名声。 ⑨ 见:被(看作)。下节:志节卑下。遇:相待。

则见无心而远事情[⑩]，必不收矣[⑪]。所说阴为厚利而显为名高者也[⑫]，而说之以名高，则阳收其身而实疏之[⑬]；说之以厚利，则阴用其言显弃其身矣。此不可不察也。

夫事以密成[⑭]，语以泄败。未必其身泄之也，而语及所匿之事，如此者身危[⑮]。彼显有所出事，而乃以成他故[⑯]，说者不徒知所出而已矣，又知其所以为，如此者身危。规异事而当[⑰]，知者揣之外而得之[⑱]，事泄于外，必以为己也[⑲]，如此者身危。周泽未渥也[⑳]，而语极知[㉑]，说行而有功则德忘[㉒]，说不行而有败则见疑，如此者身危。贵人有过端[㉓]，而说者明言礼义以挑其恶[㉔]，如此者身危。贵人或得计[㉕]，而欲自以为功，说者与知焉，如此者身危。强以其所不能为[㉖]，止以其所不能已，如此者身危。故与之论大人[㉗]，则以为间己矣[㉘]；与之论细人[㉙]，则以为卖重[㉚]；论其所爱，则以为藉资[㉛]；论其所憎，则以为尝己也[㉜]。径省其说[㉝]，则以为不智而拙之；米盐博辩[㉞]，则

---

⑩ 无心：没有心计。 ⑪ 收：任用。 ⑫ 阴：指内心。显：现出。 ⑬ 阳：指表面上。 ⑭ 密：保密。 ⑮“未必”三句：未必说者故意泄露，只是在话中谈到君主不想让人知道的事，似乎说者已经知道此事，引起君主怀疑，这样说者必然会有危险。 ⑯“彼显”两句：君主表面上是在做某一件事，实际上是为了实现另外的目的。 ⑰ 规：规划。当：妥当。 ⑱ 知：同“智”。揣：揣摩，猜测。 ⑲ 必以为己：君主一定认为是说者自己泄漏的。 ⑳ 周泽：亲密的恩惠。渥：深厚。 ㉑ 极知：非常知心的话。 ㉒ 说行：说者的建议实行了。德忘：指君主忘了说者的好处。 ㉓ 过端：过错。 ㉔ 挑其恶：挑剔他的失德之处。 ㉕ 得计：谋事成功。 ㉖ 强：强劝。 ㉗ 大人：指大臣。 ㉘ 间己：指挑拨君主与大臣之间的关系。 ㉙ 细人：小人物。 ㉚ 卖重：《史记》引作“鬻权”，故意显示自己的重要以邀权。 ㉛ 藉资：凭藉、依靠的意思。 ㉜ 尝己：指试探君主。 ㉝ 径省：直截简略。 ㉞ 米盐：细琐的意思。

以为多而交之㉟;略事陈意,则曰怯懦而不尽㊱;虑事广肆,则曰草野而倨侮㊲。此说之难,不可不知也。

凡说之务㊳,在知饰所说之所矜而灭其所耻㊴。彼有私急也,必以公义示而强之。其意有下也,然而不能已,说者因为之饰其美,而少其不为也。其心有高也,而实不能及,说者为之举其过而见其恶,而多其不行也㊵。有欲矜以智能,则为之举异事之同类者,多为之地㊶,使之资说于我㊷,而佯不知也,以资其智。欲内相存之言㊸,则必以美名明之,而微见其合于私利也㊹。欲陈危害之事,则显其毁诽,而微见其合于私患也。誉异人与同行者㊺,规异事与同计者。有与同污者㊻,则必以大饰其无伤也;有与同败者,则必以明饰其无失也。彼自多其力,则毋以其难概之也㊼;自勇其断,则无以其谪怒之㊽;自智其计,则毋以其败穷之㊾。大意无所拂悟㊿,辞言无所系縻51,然后极骋智辩焉。此道所得亲近不疑,而得尽辞也。伊尹为

㉟ 多:话多。交:一作"久",言君主嫌其说的时间太长,感到困倦。 ㊱ 不尽:不敢尽言。 ㊲ 草野:粗野。倨侮:傲慢。 ㊳ 务:急务。 ㊴ 所矜:引以自豪的地方。灭:消除。 ㊵ "其意有下也"八句:当他的意图有某种卑下的倾向,然而不能自止时,说者就故意将那个意图夸饰成是美好的,反而不满他不去做。当他的意图有高尚的倾向,然而在实际上做不到时,说者就故意举出这意图的错误,显示其坏处,反而赞扬他不去实行。 ㊶ 多为之地:多给他提供材料。 ㊷ 资:资助,此作"获取"解。 ㊸ 内:同"纳"。相存:相安共处。 ㊹ 微见:不明显地表现出来,即暗示。 ㊺ "誉异人"句:赞美异常的人,要并及所说者与之相同的品行。 ㊻ 汙:同"污"。 ㊼ 概:古代用以平覆斗斛容积的直木棍,此作压抑解。 ㊽ 谪:过失。 ㊾ 穷之:窘困他。 ㊿ 悟:通"忤",抵触。 51 系縻(mǐ):一作"击摩",摩擦,抵触。

宰[52]，百里奚为虏[53]，皆所以干其上也[54]。此二人者，皆圣人也，然犹不能无役身以进[55]，如此其汙也。今以吾言为宰虏，而可以听用而振世[56]，此非能士之所耻也。夫旷日离久，而周泽既渥，深计而不疑，引争而不罪，则明割利害以致其功[57]，直指是非饰其身[58]。以此相持[59]，此说之成也。

昔者郑武公欲伐胡[60]，故先以其女妻胡君以娱其意。因问于群臣："吾欲用兵，谁可伐者？"大夫关其思对曰："胡可伐。"武公怒而戮之，曰："胡，兄弟之国也，子言伐之，何也？"胡君闻之，以郑为亲己，遂不备郑。郑人袭胡，取之。宋有富人，天雨墙坏，其子曰："不筑，必将有盗。"其邻人之父亦云。暮而果大亡其财。其家甚智其子[61]，而疑邻人之父。此二人说者皆当矣[62]，厚者为戮，薄者见疑[63]，则非知之难也，处知则难也[64]。故绕朝之言当矣[65]，其为圣人于晋而为戮于秦也[66]。此不可不察。

昔者弥子瑕有宠于卫君[67]。卫国之法，窃驾君车者罪刖[68]。弥

---

[52] 伊尹：名挚，商汤时贤相。宰：掌宰割烹调之事的奴仆。 [53] 百里奚：春秋时虞国人，后为秦穆公相。虏：奴隶。 [54] 干：求取。 [55] 役身：以身为人所役。 [56] 振世：救世。 [57] 割：剖析。 [58] 饰其身：指修饰君主的身位。 [59] 相持：相对待。持，通"待"。 [60] 郑武公：名掘突，春秋时郑国国君。胡：国名，故址在今河南郾城。 [61] 智其子：认为其子很聪明。 [62] 此二人：指关其思和邻人之父。 [63] 厚：亲。薄：疏。 [64] 处：处理。 [65] 绕朝：秦国大夫。晋国大夫士会逃到秦国，为秦所用，晋感不安，派人谲取士会归晋。临行，绕朝赠一条马鞭给士会，说："子毋谓秦无人，吾谋适不用也。"言他看穿了晋人的计谋，但上谏秦王，却未被采纳。 [66] 其为圣人于晋：在晋国可称得上是圣人。为戮于秦：在秦国却有杀身之罪。 [67] 弥子瑕：卫灵公的嬖臣。 [68] 刖(yuè)：断足之刑。

子瑕母病，人闻，往夜告弥子，弥子矫驾君车以出⑲。君闻而贤之，曰："孝哉！为母之故，忘其刖罪。"异日，与君游于果园，食桃而甘，不尽，以其半啖君⑳。君曰："爱我哉，忘其口味以啗寡人。"及弥子色衰爱弛，得罪于君，君曰："是固尝矫驾吾车㉑，又尝啖我以余桃。"故弥子之行，未变于初也，而以前之所以见贤而后获罪者㉒，爱憎之变也。故有爱于主，则智当而加亲；有憎于主，则智不当见罪而加疏。故谏说谈论之士，不可不察爱憎之主而后说焉。

夫龙之为虫也，柔可狎而骑也；然其喉下有逆鳞径尺㉓，若人有婴之者㉔，则必杀人。人主亦有逆鳞，说者能无婴人主之逆鳞，则几矣㉕！

---

⑲ 矫：假托。此指假托君命。⑳ 啖：给……吃。㉑ 固尝：原先曾经。㉒ 见贤：被称誉为贤。㉓ 逆鳞：倒鳞。㉔ 婴：通"撄"，触犯。㉕ 几：庶几，差不多。意为差不多可谓善于谏说了。

（侯毓信）

《礼记》 又名《小戴礼记》或《小戴记》。儒家经典之一。战国至汉初的儒者，在学习礼的过程中，记录了不少资料，内容广泛，有的补充礼经（流传下来的有《仪礼》）的不备或阐发其意义，有的记载孔门师弟子或他人有关礼的言行，也有杂记各种礼制、礼仪的。西汉学者戴圣在这些资料中选取四十九篇，编成一集，后人称为《小戴礼记》，以有别于西汉戴德所编纂的《大戴礼记》。戴圣，字次君，梁（郡治在今河南商丘）人。与叔父戴德同学《礼》于后苍。宣帝时，立为博士，参加石渠阁经学会议，世称小戴。

成子高寝疾①

【题解】

周代以后厚葬风气渐盛。成子高主张恢复古代的薄葬。本文用寥寥数语，生动地表现了他对厚葬风气的痛恨和对待死生的通达态度。文章格调极高。

成子高寝疾②，庆遗入请曰③："子之病革矣④。如至乎大病⑤，则如之何？"子高曰："吾闻之也，生有益于人，死不害于人。吾纵生无益于人，吾可以死害于人乎哉？我死，则择不食之地而葬我焉⑥。"

---

① 选自《十三经注疏》。 ② 成子高：齐大夫，姓国，成是他的谥号。 ③ 庆遗：子高的家臣。 ④ 革（jí）：通"亟"，危急。 ⑤ 大病：这里指死。 ⑥ 不食之地：不可耕种的荒地。

（王　铁）

杜蒉扬觯[①]

【题解】

本文记述了杜蒉以机智的方式，谏阻晋平公在国家重臣丧事期间恣意作乐的非礼行为。文章先以杜蒉的三酌不言而趋出，自然地设为悬念。接着以平公的问话而展开杜蒉的谏争。最后一句，饶有余韵。作者虽只是作客观的记述而无意于为文，但文笔曲折，章法井然。

知悼子卒[②]，未葬[③]，平公饮酒[④]。师旷、李调侍[⑤]。鼓钟[⑥]。杜蒉自外来[⑦]，闻钟声，曰："安在？"曰："在寝[⑧]。"杜蒉入寝，历阶而升，酌曰[⑨]："旷饮斯。"又酌曰："调饮斯。"又酌，堂上北面坐[⑩]，饮之，降，趋而出[⑪]。平公呼而进之，曰："蒉，曩者尔心或开予[⑫]，是以不与尔言。尔饮旷，何也？"曰："子卯不乐[⑬]。知悼子在堂[⑭]，斯其为子卯也大矣[⑮]。旷也，大师也，不以诏[⑯]，是以饮之也。""尔饮调，何也？"曰：

---

① 选自《十三经注疏》。 ② 知悼子：知盈，又称荀盈，晋卿。 ③ 未葬：停柩待葬。 ④ 平公：晋平公，名彪。 ⑤ 师旷：晋国太师，名旷，目盲，善弹琴。太师职责掌管奏乐。李调：平公嬖幸的近臣。 ⑥ 鼓钟：敲钟。 ⑦ 杜蒉：《左传》作屠蒯（kuǎi）。 ⑧ 寝：内宫。 ⑨ 酌：斟酒给人喝。 ⑩ 北面：面朝北。 ⑪ 趋：小步快走。 ⑫ 曩（nǎng）者：刚才。开：启发。这句是说，刚才我以为你是来向我谏争的。 ⑬ 子、卯：都是古代的凶日。不乐：不奏乐办吉事。 ⑭ 在堂：灵柩尚殡于堂上。⑮ "斯其"句：言知悼子的丧事大于子卯。 ⑯ 诏：告，指以礼相告。

"调也,君之亵臣也,为一饮一食⑰,亡君之疾⑱,是以饮之也。""尔饮,何也?"曰:"蒉也,宰夫也⑲,非刀匕是供,又敢与知防⑳,是以饮之也。"平公曰:"寡人亦有过焉。酌而饮寡人!"杜蒉洗而扬觯㉑。公谓侍者曰:"如我死,则必无废斯爵也㉒。"

至于今,既毕献㉓,斯扬觯,谓之杜举。

---

⑰ 为一饮一食:贪求一顿饮食。 ⑱ 亡:通"忘"。疾:忧伤之事,指重臣之卒。 ⑲ 宰夫:主管国君膳食的官。 ⑳ 与知:预闻。防:防止放纵。这两句意为:作为宰夫,不提供刀匕等餐具,还敢参与防闲国君放纵这样越职的事情。 ㉑ 扬觯(zhì):举觯,这里指酌酒而举起,献给平公。觯,古代盛酒的器具。 ㉒ 无废斯爵:不要抛弃这个爵(酒器),留作后世警戒用。 ㉓ 毕献:主人向宾客敬酒完毕。

(王　铁)

不食嗟来之食①

【题解】

大千世界里,芸芸众生,有不同的人生哲学和处世态度。本文所表现的,是一个耿介清高之士的形象。你看他破衣烂衫,行走无力,饥饿不堪,但一听到黔敖"嗟!来食!"的招呼时,却"扬其目而视之",同时说出了"予唯不食嗟来之食,以至于斯也"这样高傲的话。他不接受别人的施舍,也不要他人的怜悯和同情,终至"不食而死"。在这篇仅百

---

① 选自《十三经注疏》。

字左右的短文中，作者以简练的笔触，把事情的背景、过程及结果交代得一清二楚。即使在今天，“不食嗟来之食”的气概和“富贵不能淫，贫贱不能移，威武不能屈”的精神，仍能给人们以积极的教益。

齐大饥。

黔敖为食于路②，以待饿者而食之③。有饿者蒙袂辑屦④，贸贸然来⑤。黔敖左奉食⑥，右执饮⑦，曰：“嗟！来食⑧！”扬其目而视之，曰：“予唯不食嗟来之食，以至于斯也！”从而谢焉⑨。终不食而死。

曾子闻之，曰：“微与！其嗟也可去，其谢也可食⑩。”

---

② 黔敖：《汉书·古今人表》作“禽敖”，周元王时人。为食：准备了食物。③ 食之：使之食。④ 蒙袂辑屦：用衣袖蒙着脸，拖着破鞋。⑤ 贸贸然：目光失神的样子。贸，通“眊”。⑥ 奉：捧。⑦ 饮：汤浆。⑧ 嗟：带怜悯之意的叹息。⑨ 谢：道歉。⑩ 微与：表惋惜、感慨的叹息。微，非。与，同“欤”。

（王顺意）

晋献文子成室①

【题解】

晋文子建成新宫，众大夫往贺，而张老的颂词及文子的答词，一善于进言，一善于纳

---

① 选自《十三经注疏》。

言,都很有意义,作者记录下来,作为颂祝词的范例。文章篇幅虽小,但意味隽永。张老两句“美哉”赞美宫室的新成,三句“于斯”祝福主人的将来,音韵铿锵,意蕴深厚;文子添接“全要领”一句,有无穷之味。最后以“善颂善祷”四字总括全篇,笔力遒劲。

晋献文子成室②,晋大夫发焉③。张老曰④:“美哉轮焉⑤!美哉奂焉⑥!歌于斯,哭于斯⑦,聚国族于斯⑧!”文子曰:“武也得歌于斯,哭于斯,聚国族于斯,是全要领以从先大夫于九京也⑨。”北面再拜稽首⑩。

君子谓之善颂善祷⑪。

② 献文子:赵武,晋卿,献文是他的谥号。成室:新建成宫室。 ③ 发:发礼往贺。 ④ 张老:晋大夫张孟。 ⑤ 轮:高大。 ⑥ 奂:通“焕”,华美。 ⑦ 哭:死丧哭泣。 ⑧ 聚国族:指燕聚国人、族人。 ⑨ 全要领:指不遭受腰斩、断颈的刑罚。要,通“腰”。领,颈项。先大夫:指其父、祖。九京:同“九原”,山名。晋国卿大夫的墓地在此。 ⑩ 北面:面朝北。 ⑪ 颂:赞颂。祷:祈祷求福。

(王　铁)

礼　运(节选)①

【题解】

本文作者借孔子之口,阐述了“大同”和“小康”两种社会的思想。大同之世,天下为

① 选自《十三经注疏》。

公，没有剥削，没有压迫。但已一去不返。现在所能效法的，只是靠礼义维持秩序的小康社会。作者在肯定的同时也对它持有批评态度。

昔者仲尼与于蜡宾②，事毕，出游于观之上③，喟然而叹。仲尼之叹，盖叹鲁也。言偃在侧④，曰："君子何叹⑤？"孔子曰："大道之行也⑥，与三代之英⑦，丘未之逮也⑧，而有志焉⑨。

"大道之行也，天下为公。选贤与能⑩，讲信修睦⑪。故人不独亲其亲⑫，不独子其子⑬，使老有所终⑭，壮有所用⑮，幼有所长⑯，矜寡孤独废疾者皆有所养⑰。男有分⑱，女有归⑲。货恶其弃于地也，不必藏于己⑳。力恶其不出于身也，不必为己㉑。是故谋闭而不兴㉒，盗窃乱贼而不作㉓，故外户而不闭㉔。是谓大同。

"今大道既隐，天下为家㉕。各亲其亲，各子其子。货力为己，大人世及以为礼㉖，城郭沟池以为固㉗。礼义以为纪㉘，以正君臣，

---

② 仲尼：孔子字。蜡(zhà)：古代国君的年终祭祀。宾：指陪祭者。 ③ 观：宫门前两边的望楼，又名阙。 ④ 言偃：孔子弟子，姓言名偃，字子游。 ⑤ 君子：指孔子。 ⑥ 大道：崇高的准则。 ⑦ 三代：指夏、商、周。英：杰出的人物，这里指禹、汤、文、武。 ⑧ 逮：赶上。 ⑨ 志：记载。 ⑩ 与：推举。 ⑪ 讲信：讲求信用。修睦：建立起人与人之间的和睦关系。 ⑫ 亲其亲：敬爱自己的父母。 ⑬ 子其子：爱抚自己的儿子。 ⑭ 终：指善终。 ⑮ 用：指发挥能力。 ⑯ 长：指得到抚育成长。 ⑰ 矜(guān)：通"鳏"，指老而无妻的人。 ⑱ 分：职务。 ⑲ 归：出嫁，这里指夫家。 ⑳ "货恶其"两句：人们只怕财货被抛弃在地上不用，却不一定要藏在自己家里。 ㉑ "力恶其"两句：人们只恨力气不从自己身上使出来，但不一定是为了自己。 ㉒ 谋：奸诈之心。兴：产生。 ㉓ 作：发生。 ㉔ 外户：外面的大门。 ㉕ 为家：成为一家私有。 ㉖ 大人：指天子、诸侯。世：父传位于子。及：兄传位于弟。 ㉗ 沟池：指护城河。以为固：作为安全保障。 ㉘ 纪：纲纪，准则。

以笃父子，以睦兄弟，以和夫妇，以设制度，以立田里㉙，以贤勇知㉚，以功为己。故谋用是作㉛，而兵由此起。禹、湯、文、武、成王、周公，由此其选也㉜。此六君子者，未有不谨于礼者也。以著其义㉝，以考其信㉞，著有过，刑仁讲让㉟，示民有常㊱。如有不由此者，在埶者去㊲，众以为殃㊳。是谓小康。”

㉙ 里：百姓的住处。 ㉚ 贤：尊崇。 ㉛ 用是：由此。 ㉜ 由此其选：用这样的办法成为杰出人物。 ㉝ 以著其义：以礼分清是非。 ㉞ 以考其信：以礼考验人心的真假。 ㉟ 刑仁：把合于仁的行为定为规范。 ㊱ 示民有常：向人民指出应当经常遵守的准则。 ㊲ 在埶者：在高位的人。埶，同“势”。 ㊳ 殃：祸殃，祸害。

（王　铁）

李斯(？—前208)　秦政治家。楚国上蔡(今属河南)人,年少时为郡小吏。后与韩非一起从荀卿学“帝王之术”。入秦后受秦始皇赏识,拜为客卿,官至丞相。他对统一六国、加强中央集权统治,起过重要作用。始皇死后,与赵高矫诏杀太子扶苏。二世立,赵高用事,被杀,夷灭三族。著有《苍颉篇》,已佚。

谏逐客书[①]

【题解】

秦王嬴政十年(前236),韩国遣水工郑国助秦修灌溉渠道,实图消耗秦国人力财力的事发。秦宗室大臣趁机提出驱逐客卿。李斯也在被逐之列,于是上此奏章,从历史事实说起,历数客卿对秦国的贡献,并以取用他国的珍宝器物与客卿相比较,进而指出逐客的危害。通篇纯从利害关系论说,反映了法家学说的思想特征。其妙尤在自始至终均为秦国的利益着想,无一语为客卿考虑,使秦王不能不解除逐客之令。文中多俪词骈句,铺陈排比,雄辩畅达,既有纵横家的流风,又显示辞赋的特色,可视为先秦散文向汉赋过渡的桥梁。

臣闻吏议逐客[②],窃以为过矣[③]。昔缪公求士[④],西取由余于戎[⑤],

---

① 选自《史记》。 ② 客:指当时在秦国做官任事的外籍人。 ③ 过:错。 ④ 缪公:秦穆公,名任好,春秋五霸之一。 ⑤ 由余:祖先晋人,逃亡入戎。后入秦,任上卿,帮助穆公称霸西戎。戎:古代泛称西部各族为戎。

东得百里奚于宛⑥，迎蹇叔于宋⑦，求丕豹、公孙支于晋⑧。此五子者，不产于秦，而缪公用之，并国二十，遂霸西戎。孝公用商鞅之法⑨，移风易俗，民以殷盛，国以富彊⑩，百姓乐用⑪，诸侯亲服，获楚、魏之师⑫，举地千里⑬，至今治彊。惠王用张仪之计⑭，拔三川之地⑮，西并巴、蜀，北收上郡⑯，南取汉中，包九夷⑰，制鄢、郢⑱，东据成皋之险⑲，割膏腴之壤，遂散六国之从⑳，使之西面事秦，功施到今㉑。昭王得范雎㉒，废穰侯㉓，逐华阳㉔，彊公室，杜私门，蚕食诸侯，使秦成帝业。此四君者，皆以客之功。由此观之，客何负于秦哉！向使四君却客

⑥ 百里奚：本为虞国大夫，晋灭虞被俘，又作为晋献公女儿陪嫁之臣入秦，后逃入楚。秦穆公闻其贤，用五张黑羊皮赎出，拜为大夫，号称五羖(gǔ)大夫。宛：楚地，在今河南南阳。 ⑦ 蹇(jiǎn)叔：岐(今陕西岐山)人。隐居宋国，百里奚把他推荐给穆公，任上大夫。 ⑧ 丕豹：晋大夫丕郑之子。其父被杀，奔秦，穆公用以为将。秦攻晋，丕豹生俘晋惠公。公孙支：又名子桑，先游晋，后归秦为穆公谋臣，曾建议秦国赈济晋国灾荒，以收民心。 ⑨ 孝公：秦孝公，名渠梁，在位时，迁都咸阳，推行变法，国势强盛。商鞅：姓公孙，名鞅，卫国人。秦孝公时为相，实行变法，奖励耕战。孝公死后，被贵族车裂而死。 ⑩ 彊：通“强”。 ⑪ 乐用：乐于被使用，即乐于为国出力。 ⑫ 获楚、魏之师：秦孝公二十二年(前340)，商鞅率秦军大败魏军，随后又打败楚军。 ⑬ 举地：攻取土地。 ⑭ 惠王：秦惠文王，名驷，秦从他开始称王。张仪(？—前310)：魏人，惠王用为相，封武信君。为秦定连横之计，游说诸侯奉事秦国。 ⑮ 三川：韩国郡名，以境内有黄河、伊水、洛水得名，在今河南西北地区。 ⑯ 上郡：魏国郡名，在今陕西北部。 ⑰ 九夷：泛指当时楚国境内的少数民族。 ⑱ 鄢(yān)：曾为楚都，在今湖北宜城一带。郢(yǐng)：楚都，在今湖北江陵。 ⑲ 成皋(gāo)：又称虎牢关(今河南荥阳西北)，形势险要。 ⑳ 六国之从：指韩、赵、魏、齐、燕、楚联合抗秦的合纵联盟。从，通“纵”。 ㉑ 施(yì)：延续。 ㉒ 昭王：秦昭襄王，名稷(一作侧)。范雎(jū)：一作范且，魏人。以远交近攻之策游说昭王，拜相，以功封应侯。 ㉓ 穰侯：昭王母宣太后的异父弟，名魏冉。原楚人。昭王时为相，掌权三十余年，封于穰，称穰侯。 ㉔ 华阳：华阳君，名芈(mǐ)戎，宣太后同父弟，封于华阳。

而不内㉕，疏士而不用，是使国无富利之实，而秦无彊大之名也。

今陛下致昆山之玉㉖，有随、和之宝㉗，垂明月之珠，服太阿之剑㉘，乘纤离之马㉙，建翠凤之旗㉚，树灵鼍之鼓㉛。此数宝者，秦不生一焉，而陛下说之㉜，何也？必秦国之所生然后可，则是夜光之璧，不饰朝廷；犀象之器㉝，不为玩好；郑、卫之女㉞，不充后宫；而骏良駃騠㉟，不实外厩；江南金锡不为用，西蜀丹青不为采㊱。所以饰后宫、充下陈㊲、娱心意、悦耳目者，必出于秦然后可，则是宛珠之簪㊳、傅玑之珥㊴、阿缟之衣㊵、锦绣之饰不进于前，而随俗雅化㊶，佳冶窈窕赵女不立于侧也㊷。夫击瓮叩缶㊸，弹筝搏髀㊹，而歌呼呜呜，快耳目者，真秦之声也。郑、卫、桑间㊺、昭虞、武象者㊻，异国之乐也。今弃击瓮叩缶而就郑、卫，退弹筝而取昭、虞，若是者何也？快意当前，适

㉕ 向使：当初，假使。却：拒绝。内：通“纳”。 ㉖ 昆山：昆仑山，其北麓和田以产美玉闻名。 ㉗ 随、和之宝：指随侯之珠和和氏之璧。相传春秋时随侯救活一条大蛇，后蛇在江中衔大明珠相报，因号“随侯珠”，又作“隋珠”。春秋时楚人卞和所得的宝玉，称“和氏璧”。和氏璧后被秦始皇刻成传国玺。 ㉘ 太阿(ē)：古代名剑，相传是吴国名匠干将和欧冶子所铸。 ㉙ 纤离：当时北狄的一种名马。 ㉚ 翠凤之旗：用翠凤羽毛做装饰的旗帜。 ㉛ 灵鼍(tuó)之鼓：用鳄鱼皮制成的鼓。 ㉜ 说：通“悦”。 ㉝ 犀象之器：用犀牛角和象牙制成的器具。 ㉞ 郑、卫之女：当时郑国和卫国多善歌的美女。 ㉟ 駃騠(jué tí)：骏马名。 ㊱ 丹青：绘画的颜料。丹，朱砂。青，靛青。采：彩饰。 ㊲ 下陈：指阶下歌舞的美女。陈，堂下之途。 ㊳ 宛珠之簪：镶有小珠的簪子。宛，宛转点缀的意思。 ㊴ 傅玑之珥：缀有珍珠的耳环。傅，通“附”，缀附。玑，不圆的珍珠。 ㊵ 阿缟(gǎo)：齐国阿城的丝织品，以精美轻薄闻名。 ㊶ 随俗雅化：随着时代风尚的变化打扮得时髦漂亮。 ㊷ 窈窕：美好貌。 ㊸ 击瓮(wèng)叩缶(fǒu)：秦国人以瓮缶作为打击乐器。 ㊹ 搏髀(bì)：拍打大腿以合节拍。 ㊺ 郑、卫：指流行于郑、卫两国的民间音乐，多为男女情歌。桑间：卫国地名，在濮水之滨，卫国男女常在此处聚会歌唱。 ㊻ 昭虞：也作韶虞，相传舜时的乐舞。武象：相传为周武王时的乐舞。

观而已矣。今取人则不然，不问可否，不论曲直[47]，非秦者去，为客者逐。然则是所重者，在乎色、乐、珠、玉，而所轻者，在乎人民也。此非所以跨海内、制诸侯之术也[48]。

臣闻地广者粟多，国大者人众，兵彊则士勇。是以太山不让土壤[49]，故能成其大；河海不择细流[50]，故能就其深；王者不却众庶，故能明其德。是以地无四方，民无异国，四时充美[51]，鬼神降福，此五帝三王之所以无敌也[52]。今乃弃黔首以资敌国[53]，却宾客以业诸侯[54]，使天下之士退而不敢西向，裹足不入秦，此所谓借寇兵而赍盗粮者也[55]。夫物不产于秦，可宝者多；士不产于秦，而愿忠者众。今逐客以资敌国，损民以益仇，内自虚而外树怨于诸侯[56]，求国之无危，不可得也。

---

⑰ 曲直：是非，贤愚。 ⑱ 跨：驾凌，控制。 ⑲ 太山：泰山。不让：不拒绝。 ⑳ 不择：不加选择，全部接受。 ㉑ 充美：富裕美满。 ㉒ 五帝：《史记·五帝本纪》作黄帝、颛顼(zhuān xū)、帝喾(kù)、尧、舜。三王：夏禹、商汤、周文王。 ㉓ 黔(qián)首：平民。 ㉔ 业诸侯：让诸侯成就功业。 ㉕ 借寇兵：借给强盗武器。赍(jī)盗粮：送给偷盗者粮食。 ㉖ 内自虚：对内削弱自己。外树怨于诸侯：对外在各国树立自己的仇敌(指客卿被秦逐后，为六国所用以反秦)。

(史煦光)

图书在版编目(CIP)数据

先秦文观止 /《先秦文观止》编委会编. —上海:学林出版社,2015.9
(中华传统文化观止丛书)
ISBN 978-7-5486-0898-1

Ⅰ.①先… Ⅱ.①先… Ⅲ.①古典文学—作品综合集—中国—先秦时代 Ⅳ.①I212.2

中国版本图书馆 CIP 数据核字(2015)第 170551 号

先秦文观止

编　　者—— 本书编委会
责任编辑—— 许钧伟　蔡雩奇
封面设计—— 周剑峰

出　　版—— 上海世纪出版股份有限公司 学林出版社
地 址:上海市钦州南路 81 号　电话/传真:021-64515005
网 址:www.xuelinpress.com
发　　行—— 上海世纪出版股份有限公司发行中心
地 址:上海市福建中路 193 号　网 址:www.ewen.co
印　　刷—— 上海展强印刷有限公司
开　　本—— 710×1020　1/16
印　　张—— 10.5
字　　数—— 14 万
版　　次—— 2015 年 9 月第 1 版
印　　次—— 2015 年 9 月第 1 次印刷
书　　号—— ISBN 978-7-5486-0898-1/I·113
定　　价—— 38.00 元